TOM FLETCHER

Illustrations by SHANE DEVRIES

汤姆·弗莱彻奇遇系列

龙与冬季女巫

THE CHRISTMASAURUS

AND THE
WINTER WITCH

[英] 汤姆·弗莱彻 著

[英] 谢恩·德弗里斯 绘

君米 译

湖南科学技术出版社

·长沙·

PUFFIN BOOKS

UK | USA | Canada | Ireland | Australia
India | New Zealand | South Africa

Puffin Books is part of the Penguin Random House group of companies
whose addresses can be found at global.penguinrandomhouse.com.

www.penguin.co.uk   www.puffin.co.uk   www.ladybird.co.uk

First published 2019
001

Set in Baskerville MT Pro
Text design by Mandy Norman
Printed in Great Britain by Clays Ltd, Elcograf S.p.A.

A CIP catalogue record for this book is available from the British Library

HARDBACK
ISBN: 978–0–241–33852–0

INTERNATIONAL PAPERBACK
ISBN: 978–0–241–33853–7

All correspondence to:
Puffin Books, Penguin Random House Children's
80 Strand, London WC2R 0RL

妈妈 & 爸爸

谢谢你们总是让圣诞节充满魔法

你将和他们一起开启一段北极之旅：

威廉·特兰德尔

喜欢恐龙。

布伦达·佩恩

曾经很淘气，但现在她是个好孩子。

帕梅拉·佩恩

布伦达的妈妈，她保证今年会尽量喜欢圣诞节。

鲍勃·特兰德尔

威廉的爸爸，一如既往地热爱圣诞节。

唯一仅有的、本该绝种的、会飞、会嚎叫、友好的、翱翔在高空的

圣诞龙！

全宇宙最大、最神奇的

圣诞老人！

它们总是很开心、总是押着韵，小小只但总把时间掌握得恰到好处，它们是……

圣诞老人的精灵！

以及某个非常神秘的人，最大的秘密，我都不敢相信她的名字能被写在这本书的封面上……

冬季女巫！

噢，趁我还记得，一定小心这个看起来很傲慢的家伙：

巴瑞·佩恩。

他会是未来的大麻烦。

目 录

序幕

以后

　　这个故事有一个和所有故事一样的开头：很久以前……

　　什么意思，上一本书也是这么开头的？不，不可能！好吧，我去确认一下，等一等……

　　呃，你猜怎么？你是对的！

　　我们不能这样开始。我得改一个。

　　这个怎么样……

　　这个故事的开头和第一本书完全、彻底、极其地不一样：很久**以后**！

你没想到是这样吧，是不是，小机灵鬼？

这个以后和现在并没有多大差别。以后的孩子还是得每天去上学。并且，是的，以后的孩子还是得吃西蓝花和豌豆，还是得刷牙，得说请和谢谢，得洗干净他们以后的肚脐。并且不可以挖他们以后的鼻子（或者吃以后的鼻屎）。

这些事情在以后都没有改变。

不过，有一个极其非常巨大的不同。

以后，

没有圣诞节！

我知道，好的！

让我们去看一看……

在以后一个平平无奇的冬日夜晚。超级无敌棒的云霄飞车正飞快地行驶在空中道路上，穿行于直耸在平流层的摩星大楼间。（这些建筑实在太高了，它们的顶已经在挠外太空的痒了！）温柔的小雪飘

落在以后的伦敦。

突然间，雪开始变得大起来。但并不是你期待的那种整个城市的雪都变大了，事实上，恰恰相反，它只在一个微小而精确的地点大起来，那是一条小巷，名叫蓟巷。

不过几秒钟，雪就大到堆积起来，像是要堆出一座小山。然后，就像它突然开始下大一样，它又突然停了，在路中央留下一座白色的山丘。

噗！

雪堆里突然冒出一个拳头。

然后……噗！ 另一个拳头也冒了出来。

接着，这座长着两只手的小雪堆开始摇晃抖动，直到雪全部落到地上，一个顶着

一头棕色卷发的年轻男孩露出来，他的轮椅上贴满了恐龙贴纸。

你已经知道他是谁了，当然。

威廉·特兰德尔揉了揉他的额头，环顾着这条安静的巷子。

"你好？这是什么地方？不对……这是什么时候？"他会这么问——是因为蓟巷里不只有威廉。在他旁边的阴暗处还立着一个神秘的身影。

然而没有回应。那个奇怪的身影只是抬起手臂，用冰冷纤细的手指，指向蓟巷的尽头。

威廉皱了皱眉，沉默地推着他的轮椅穿过空荡荡的巷子，来到大马路上。

这是威廉第一次看到**未来**的样子！

天空被摩星大楼两侧的巨大屏幕发出的光

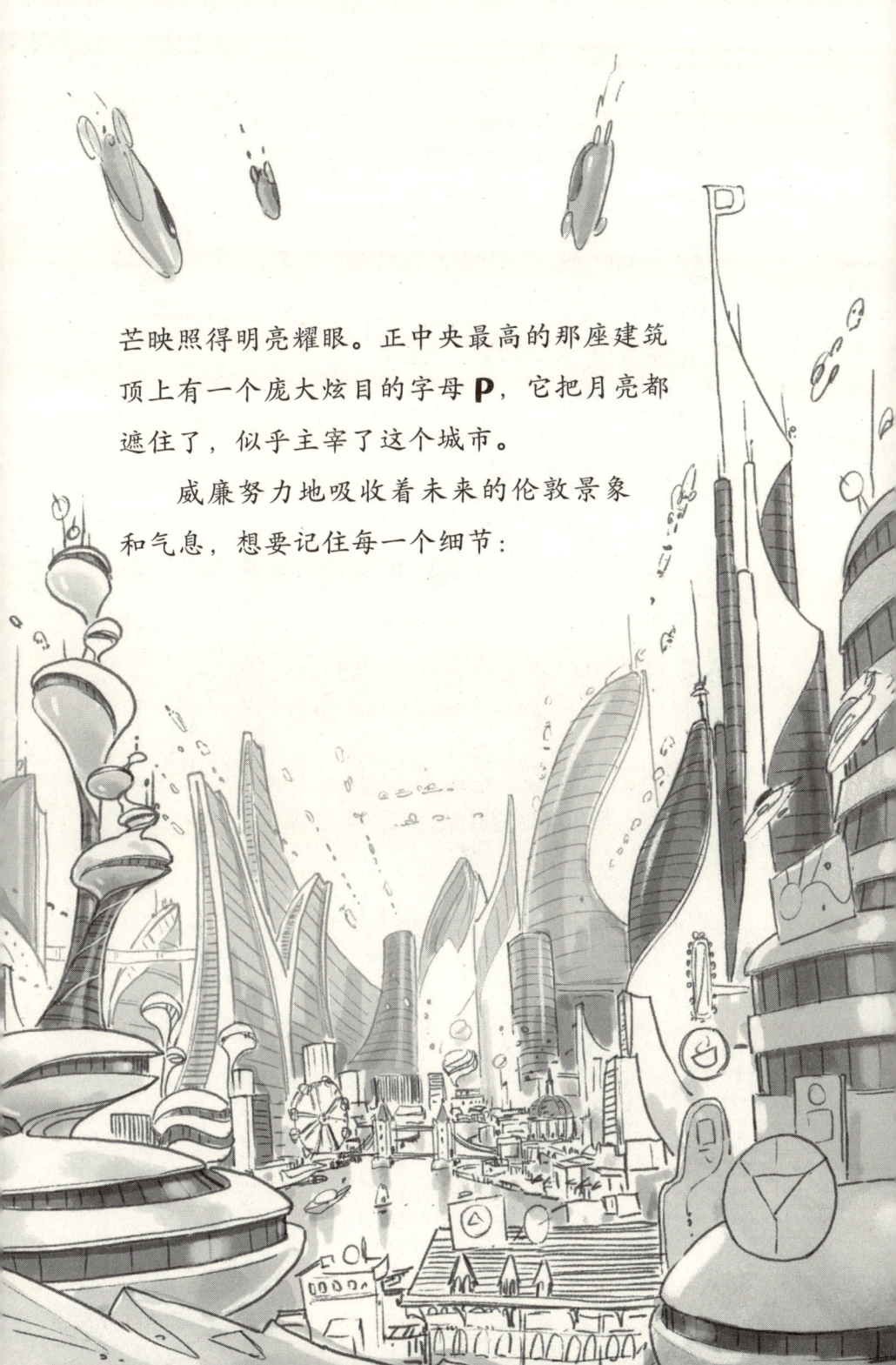

芒映照得明亮耀眼。正中央最高的那座建筑顶上有一个庞大炫目的字母 P，它把月亮都遮住了，似乎主宰了这个城市。

威廉努力地吸收着未来的伦敦景象和气息，想要记住每一个细节：

* 人们穿着未来智能套装，脚步匆匆地去上班
* 云霄飞车造成的交通拥堵笼罩在城市上空
* 二十层的公共汽车配有机器人售票员

　　有太多东西可以看，但威廉的注意力被他身后的窃窃私语声打断了。他转过身，朝小巷里看了看。

　　"你好？"他喊道。

　　还是没有回应，但那个仍安静地待在阴影里的古怪身影点了一下头。威廉往蓟巷里挪回去，直到他发现他听到的声音原来是在唱歌。

　　"再也没有圣诞节了，
　　那本是一年里最好的时光。
　　噢，我们怎么失去它了——
　　现在留给我们的只剩恐慌……"

　　"恐慌？"威廉悄声自语道，"我刚刚没有听错吧？"

他默默地挪向那奇怪的歌声传来的地方，然后从一个垃圾桶旁望过去。有一群人围着一小堆火挤成一团。他们都穿着大衣，戴着羊毛帽，把自己裹得很暖和。

其中一位面色红润、满脸皱纹，看着十分慈祥的老人，解开他的大衣，骄傲地露出一件毛茸茸的圣诞针织毛衣，像是要放它自由。

其他人也跟着拉下拉链、解开扣子，一边继续唱着歌，一边展示大衣下漂亮的节日毛衣：

"我们不会停止相信，

只有这样不妥协，

才有可能有人

再见到圣诞节。"

一阵刺骨的寒风刮进昏暗的小巷，卷起了地上的垃圾。一张报纸像风筝一样飞起来，落在了威廉的脚上。他望过去，看了看上面的日期。

"12月25日？这是30年后的——圣诞节？"

他自言自语道。当他回到繁忙的主路上时，整张脸都皱了起来。

为什么圣诞节人们还要工作？威廉想。

然后他发现没有哪栋建筑有节日装饰，没有哪个人看起来欢欣鼓舞，没有哪盏路灯上缠着威廉的爸爸鲍勃最爱的那种俗气的小彩灯。事实上，如果没有人躲在黑暗的巷子里唱圣诞颂歌，根本不会有人感觉到这是圣诞节!!

忽然，闪烁的红灯照亮了小巷，也映红了那群秘密吟唱人的脸。

哈，这样就有圣诞气氛了！威廉想。

"他们来了！"那个面色红润、满脸皱纹的吟唱人大叫着指向正向他们靠近的东西。威廉这才意识到那些红色灯光并非圣诞彩灯，而是一辆飞过来的警车上闪烁的警灯！

"是圣诞警察！他们找到我们了——快逃！"另一个吟唱人大喊道。他拉上外套，把他的毛衣藏起来。

圣诞警察？那是干什么的？威廉边想边推着轮

椅退远了些，躲在垃圾桶后面。

飞行警车的门呼呼地打开，一队警察从车上跳下来。

"圣诞警察，不许动！"其中一名警察举着扩音器大吼，而他的伙伴们则迅速行动起来，追赶那些跑进蓟巷黑暗中的秘密吟唱人。

只有一个人没有跑——那个老人。

"我不会再害怕了。"那位反叛的圣诞颂歌吟唱人大义凛然地说。他脱下他的外套，露出了那件威廉见过的最花哨、最蓬软、最有圣诞气氛的圣诞毛衣。

"中士，我想那是一件音乐毛衣……"在他们靠近那位吟唱人时，那名警察紧张地说。

"把你的双手放在我们能看见的地方。"那位中士一边和他的警员把老人包围起来，一边大吼。

吟唱人没有动。

"我说，把你的双手放在我们能看见的地方。慢慢地。"发号施令的警官重复了一次。

"我们没有做错什么！"歌唱者抗议道。

"圣诞禁令的规则和条款已经非常明确了。"
威廉瞪大了眼睛。

圣诞禁令?

突然间，那位年迈的吟唱人捏住了他圣诞毛衣中间的针织装饰球。

"不！"

"捂住耳朵！"

"抓住他！"警官大叫道——但是已经晚了。所有的装饰球里的彩灯都亮了起来，歌声响起，在小巷里回荡。

"叮叮当，叮叮当，铃儿响叮当……"

它只持续了很小一会儿，很快警察们就把老人扑倒在雪地里铐上了手铐。

"你们永远不可能禁止圣诞节！"他大喊。

"噢，别再来了。"中士嘟囔着。

"您认识这个人？"另一个警察问道。

"认识他？自从圣诞禁令颁布以来，他在监狱里度过的圣诞节比在自己床上度过的还多。你就不能让圣诞节过去是吗？鲍勃·特兰德尔。"

那几个字似乎在威廉的脑海里回响：

鲍勃……

鲍勃……

鲍勃……

特兰德尔……

特兰德尔……

特兰德尔……

"**爸爸!**"威廉在他的藏身之处失声叫了出来,又飞快地用手捂住嘴巴。他的爸爸正被推搡着塞进警车的后座,因此没有听到穿越来的儿子发出的叫声——但中士听到了。

"是谁在说话?"他转身盯着威廉的方向厉声问道,"我知道你在那儿!你也是唱歌的吧?"

已经有一名警察向威廉跑来。他知道自己该走了——立刻走——但他忍不住一直注视他年迈的、长着皱纹的未来版的父亲,看着他戴着手铐坐在警车后座上,看着警察关上车门。而这一切只因为他唱了一首圣诞颂歌,穿了一件圣诞毛衣!

"发生了一些特别糟糕的事情。"威廉小声说。

警察正快速靠近。"带我回去!"威廉对突然

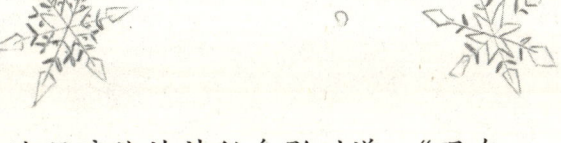

出现在他身边阴暗处的神秘身影叫道，"现在就带我回去！"

这个奇异的生物立刻从黑暗中伸出它冰冷的手，抓住了威廉轮椅的把手。一瞬间，雪又开始精准地下在一个点，环绕着他们形成了一股暴风雪。威廉感觉温度骤然降下来。暴风雪打着旋，扭曲转动着，神秘冰冷的身影在他身后时隐时现，指引着他向前。或许是向后——也可能是向上或者向下？

威廉不是很确定。

他能做的只有屏住呼吸，把自己的信任交给这个白雪笼罩的幻术士，这个冷冰冰的魔法师，这个冬季女巫。

　　头顶上的云朵开始冒泡，日出转换成日落，月亮猛地升起，又像流星一样划过天空。云朵、月亮、星星、太阳、白日、黑夜、月月、年年……

　　时间自己以一种难以想象的速度在他们身边流转，直到一切忽地停下来。威廉发现自己回到了他开始的地方，就像你现在发现自己回到了故事开始的地方……

第一章

故事的开头

"圣诞假期第一天快乐,威廉!"

威廉·特兰德尔睁开眼睛的时候,帕梅拉·佩恩正晃晃悠悠地端着早餐托盘,轻手轻脚地走进他的卧室。"哦……早上好!"他睡眼蒙眬地从他的恐龙枕头上撑起身来。

"你爸爸做了小圆烤饼。"帕梅拉一边说一边把餐盘端到他面前,争取不再让更多的橙汁洒出来,"就是你喜欢的那种,很明显。"

威廉低头看去，那一盘热腾腾的美味点心正散发着温暖的香草和肉桂味道。

　　"嗯嗯嗯，香桂！"他笑着说。

　　"嗯？"

　　"香草和肉桂……香桂！这是我爸爸发明的词。"威廉解释道。他拿起刀叉享用起来。

　　"哦，明白了。这是你爸爸的风格。"帕梅拉笑道。

　　"爸爸呢？"威廉问。而隔壁房间响起的欢快的敲门声回答了他。

　　"该醒来了，布伦达！圣诞假期开始了！快来享用小烤圆饼和橙汁。这可是'特兰德尔家的圣诞传统'！"鲍勃·特兰德尔在走道里唱了起来，紧接着布伦达的房间门咔哒一声开了。

　　"不用上学，还有小圆烤饼！太棒

啦！"布伦达模糊的欢呼声从隔壁传来。

"你爸爸说既然我和布伦达现在住在这里，就该体验一下'特兰德尔家的圣诞传统'。"帕梅拉用鲍勃式的嗓音解释道。

威廉咯咯地笑了。"那么，我希望你们准备好了度过一个有生以来最有圣诞气氛的圣诞节！"他含着满嘴的小圆烤饼说道。

"你知道吗？我觉得这正是布伦达需要的。"

"那你呢？"威廉问。

"哦，我尽量。"帕梅拉笑着说，"不过我是**绝对不会**穿那种可怕的圣诞毛衣的！"

威廉皱起了眉头，"哦，可是爸爸已经给你准备了一件带音乐的，上面还有彩灯和其他所有东西……"

帕梅拉沉默了一会儿，威廉看到了她眼里一闪而过的节日恐惧。

"我是开玩笑的！"他咧开嘴笑道。

帕梅拉明显松了一口气，然后他俩同时大笑起来。

"你爸爸说等你吃完早餐，就去厨房开你的降临历①。"

说完帕梅拉就走了，好让威廉独自享用他的早餐——但他也没有独自多久。没一会儿，威廉就听到走道里响起轻微的嘎吱声，然后他用余光瞥见他的房门被推开了一条缝。

"我知道你在那儿，布伦达。你真是最不擅长监视别人的人了。"威廉说话的时候甚至都没有把眼睛从他的盘子上抬起来。

---

① 降临历是一种迎接圣诞的商品礼盒，从 12 月 1 日开始，每天打开一格，一直到圣诞节来临。每个格子里都藏着一件小礼物，例如巧克力或玩具。——译者注

"这不公平！我本来很擅长监视别人。我只是刚来，还没有完全搞清楚哪些地板踩着会响！"布伦达吹嘘道。她端着餐盘大摇大摆地走进来，然后一屁股坐在威廉的床上，给自己找了个舒服的姿势。

"太不可思议了！"她一边说着，一边把她最后一块裹着糖浆的小圆烤饼塞进嘴里，"到底有多少'特兰德尔家的圣诞传统'？"

威廉笑了。"今天是百果馅饼。我和爸爸通常会在学校假期的第一天做！然后我们可以用爸爸装饰客厅剩下的金属丝装饰我们的卧室。睡觉之前我们可以看一部圣诞电影。或者两部，如果时间充足的话！"

布伦达摇了摇头。

"怎么了？"威廉问。

"我只是从没想到有威利宝宝当弟弟是件这么棒的事。"

"是继弟！"
威廉回应道。

故事暂停!

是的，你没有听错。威廉和布伦达说他们是继兄妹。因为他们确实是。

某种意义上的。

如果你把脑海里的日历翻回上一个圣诞节，你也许会想起鲍勃·特兰德尔和帕梅拉·佩恩——威廉的爸爸和布伦达的妈妈——被圣诞节清晨的魔法席卷了，他们伴着圣诞老人飞向天空的身影，在白雪覆盖的大街上跳舞，而在那之前有一个邪恶的猎人被一只会飞的恐龙吞了。（那是一个很长的故事——真的！）

之后，那种圣诞魔法不想离开他们，因此，到了夏天，鲍勃和帕梅拉决定把佩恩家搬进特兰德尔家！这让他们那座看起来摇摇欲坠的小房子有点儿挤，而且有时候威廉会怀疑自己能不能适应这种生活，毕竟，他和他爸爸已经单独在一起生活很久了。

现在让我们回到这个圣诞……

　　布伦达仰着头，看着覆盖了威廉卧室里每一寸墙壁的恐龙墙纸。在他的桌子上有一块软木板，上面钉满了素描和彩色图画，都画着同一样东西：那是一只蓝色的飞翔的恐龙，有着闪闪发亮的鳞片和冰棱一般的鬃毛。

　　对威廉来说，那是他上个圣诞碰到的最魔幻的事情——事实上，是他有生以来碰到的最魔幻的事情！他遇见了他最好的朋友：圣诞龙。

　　"你觉得我们今年能再见到它吗？"布伦达问。

　　"我希望能！"威廉惆怅地说，"我很想那只恐龙！"

　　布伦达突然坐了起来，透过威廉房间的窗户直

盯着外面的天空。

"你看见什么了？"威廉激动地问道，也努力向外看去。

"那是……它吗？"她倒吸了一口气，指着云间。

威廉扫视着下雪的天空，急切地想看看是不是真的是它。圣诞龙提前来看他了吗？

布伦达爆发出一阵大笑。她的嘴里塞满了食物，威廉转过头来一看，他盘子里的最后一块薄煎饼已经不见了。

"哦，你一定**又**回到'**淘气名单**'上了。"威廉对她说。失望让他感到有一点点胃绞痛。再见到圣诞龙是他期待了很久的事情，整整一年那么久。

"什么呀？这是姐姐该做的。"布伦达耸耸肩，从床上跳了下来。

"我要跟你说几遍？你不是我姐姐。我们是同年的！"威廉边回应边套上他恐龙图案的毛衣，然后挪到等在床边的轮椅上。

"我比你大一个月，所以严格来说我就是你姐姐。"布伦达裹紧她毛茸茸的粉色开衫，他们一起出了卧室。

"如果非要'严格来说的话'，你根本不是我的姐姐！"威廉抗议道，"我们的父母还没有结婚。"

"暂时！但是他们已经住在一起了，所以这只是时间的问题。大人们就是这么做事的：接吻，搬到一起住，结婚，吵架。"

"早上好，威利宝宝！"

见威廉和布伦达走进厨房，威廉的爸爸笑着问好。帕梅拉正喝着茶。威廉的心脏抽痛了一下，因为他看到了她用的杯子——那是一个闪亮的蓝色杯子，把手是雪花的形状。

"哦，"他说，"那是……那个杯子是……"

帕梅拉僵住了。

"噢，威廉，对不起。我又搞错了，是吗？"她飞快地把那个漂亮的杯子放下，"我完全忘了那个是……呃，是特殊的。"

"不，没关系。"威廉说。他知道自己这样有点

傻气，但这确实感觉很奇怪，看见帕梅拉用一些曾经属于他妈妈的东西。

他记得爸爸曾经想把它捐了。"威利宝宝，这只不过是一个杯子。"他温柔地说。可威廉当时还没有做好准备让一切过去，尽管他其实从没见过他妈妈用这个杯子喝东西。她离世的时候他还太小，基本记不住她什么，但只要知道她曾经把这个杯子拿在手里，似乎就有足够的理由留住它。

他看见他爸爸给了帕梅拉一个安抚的笑容，然后清了清嗓子。

"好了，所有人。下面该进行这一天特兰德尔家的第二个圣诞传统了——大清洗。"鲍勃说着，将雪花图案的茶巾扔给威廉和布伦达，然后在看见布伦达垮下脸后笑出了声。

一洗完擦干所有的锅碗瓢盆，鲍勃就把威廉和布伦达的降临历从餐桌上推了过去，两个人立马开始找标号 14 的门。

"我找到了！"威廉大喊着打开那扇小纸板门。

"我也找到了！"布伦达紧随其后，把巧克力塞进嘴里。

"只有 10 天就到圣诞节了！"威廉兴奋地说。

布伦达瞪着他。"哦，不！"她说，"今天是 12 月 14 日——那就是说爸爸今天要来接我！"

她瘫倒在她的座椅里，那一瞬间，威廉瞥见了从前那个暴躁的布伦达，"啊，这太不公平了！这个圣诞节我为什么要跟他一起过！"她生气地说。

"你必须得去吗？"威廉问。

"恐怕是的，威廉。"帕梅拉说，"布伦达的爸爸和我商量好了，她轮流跟我们俩过圣诞，去年跟我一起，所以……"

"今年得去爸爸那儿！"布伦达叹了口气。

厨房陷入了一阵忧伤的沉默。

"先别发愁了。"鲍勃以愉快的语调打破沉默，"那我们就过好你今天在这里的每一秒！我们四个一起来庆祝圣诞，以特兰德尔家的方式！"他拿起桌上的一个雪花水晶球，它有一个手工制作的木头底座，里面有一座舒适的小木屋。他把玻璃球倒过

来，雪花纷纷旋转，创造出一个魔幻的场景。"我们来做百果馅饼，唱圣诞歌，烤栗子……"

"还有小圆烤饼，爸爸——别忘了小圆烤饼！"威廉一边和布伦达盯着玻璃球里的雪落在那座小小的屋子上，一边补充道。

"还有小圆烤饼！记着呢，威廉。噢，我们今天会有很多乐趣的，足够支撑你度过整个圣诞，布伦达，所以不要发愁。再说了，如果和你爸爸一起过圣诞真像你想得那么糟糕，那也就是一眨眼的事，通常都是这样的，然后我们就开始期待明年了，明年我们都在一起过，我们四个。"

餐桌下传来一声洪亮的狗叫声。

"我们五个！抱歉，咆哮。"鲍勃更正过来，伸手下去拍了拍他们领养的这只狗那脏兮兮的脑袋。

"在你反应过来之前你就已经回到这个家了，布伦达。而且，我曾经说过，我已经说过很多次了：这个圣诞节每过去一秒……"

"……就离下个圣诞节又近了一秒！"他们异口同声地说完，又一起大笑起来。

"这才对嘛。保持微笑，布伦达，这可是圣诞！"鲍勃说。然后他独唱起了《圣诞节的12天》。

"你爸爸也没有那么糟吧，他有吗？"当鲍勃开始拥着帕梅拉绕着餐桌旋转时，威廉悄声问布伦达。

"呃，你知道你爸爸多么有趣，他热爱圣诞，总是说真话，关心你的感受，知道你最喜欢什么，会对你说他爱你……"

他们一起看着鲍勃。他还唱着歌，刚被一对假鹿角绊了一下。

"是的！"威廉说。

"那你还记得我们在学校过过一个'相反日'吗？就是想象一切都是相反的，上就是下，左就是右，里面就是外面……好就是坏？"

"嗯哼。"

"那我爸爸就是'相反日'那天的你爸爸！"布伦达一边解释，一边打开了她降临历上的15号门，把里面的巧克力塞进嘴里。

29

"噢。"威廉说，想着现在可能不是合适的时候告诉她不应该这么做。

"还有就是，我已经快一年没见过他了。不止这些。"布伦达深吸一口气，"在我爸爸来接我之前，有些关于他的事你应该要知道……"

然而就在布伦达要告诉威廉的时候……

她的声音消失了。

不错！

消失了！

没有了！

听不见了！

她的嘴唇还在动，但就好像有人不小心碰到静音键把她的声音关了。

"你说什么？我听不到你说的话！"威廉说。

或者至少他想说——可他的声音也消失了!

他俩环顾四周,发现整个厨房都彻底安静下来,就好像有什么东西把所有声音都抽走了,没有自来水流下水池的声音,没有鲍勃的歌声,甚至连他毛衣上的铃铛都没有一点儿声音!

这里比安静更安静。像是有人把威廉耳朵里的音量关小了,一直旋到了0以下,负音量的位置。

就在这时威廉留意到一些有点可疑的事情,有点超乎寻常,有点……魔幻?厨房的窗户外面,有一群刚刚飞起的鸽子完全静止地浮在了半空中,像被某种冰冻射线射中定在了那里。

雪花也停在半空中,像是用天上看不见的线悬挂着。咆哮定在了对着窗户吼叫的时刻。事实上,还能动的就只剩下威廉、布伦达、鲍勃和帕梅拉!

鲍勃转过身,他原本拿着的马克杯悬浮在半空中。帕梅拉看到这个奇怪的景象尖叫起来,但是没有声音发出来。

这太古怪啦!威廉来到窗边,凝视着这个完全静止的早晨,心想道。他看到隔壁的尤素福

悬停在蹦床上，一架飞机定在空中。就连厨房里的钟也没滴答响了。仿佛——因为某种魔法的作用——时间本身被冻结了。

笑容在威廉的脸上绽开来——他控制不住自己。

怎么回事？布伦达的嘴唇问道。她不明白威廉为什么突然这么兴奋。

威廉这么兴奋是因为他见过这种魔法。他知道全世界只有一个人能让这种事情发生。那个人就要在下一章登场了……

圣诞老人！

第二章

重聚

从云中传来一声巨大的**轰响**。

"看那！"威廉大喊。在他指向天空的时候，他的声音突然又回来了。

天空被一道闪电照亮，一架华丽的红色雪橇伴着音乐声在环保的闪亮粉屑中冲出云层。拉雪橇的是九只超级令人惊叹的生物，它们飞驰在空中，就像踏在威廉轮椅下的平地上一样。其中的八只，正如你所期待的，是无与伦比的神奇飞鹿——而领头

的那只就有点超出想象了。

有点濒临灭绝。

有点像这本书的书名……

圣诞龙！

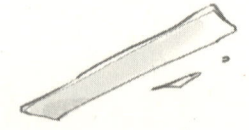

它明亮的蓝色鳞片像星星一样闪烁着光芒，疾驰的爪子夹住一片片云彩。它像带着翅膀一样在天空中翱翔——不过圣诞龙不需要翅膀也能飞。

因为他拥有威廉的信仰。

"嚯，嚯，嚯！"世界上最快活的声音传来，随着

一声兴奋的大叫，圣诞龙拼命向右倾斜，带着雪橇完美地着陆在特兰德尔家的花园里。

嗯，很完美，只要不算上撞翻隔壁的篱笆、冲破尤素福的足球球网、将他们的花园棚夷为平地，并且在鲍勃的菜地里印上足印的话。

雪橇滑过铺着雪的院子，直至停下，沉默覆盖了整个冰冻的花园。

"哎呀，这个降落真是，呃，了不起！嚯，嚯！"圣诞老人笑着站起身，把他的红色天鹅绒帽子立起来。他打了个响指，然后，就这样，那一连

串他们造成的混乱就自己复原了。足印消失，雪地又变得平整光滑，菜地里的胡萝卜和芜菁重新栽种好了。足球网回到框子上，花园棚子的木板也重新搭建整齐。一切都恢复如常。

"圣诞老人！"威廉激动地喊道。他和布伦达、鲍勃还有帕梅拉都一起冲了出来。威廉推着自己的轮椅奔向那架巨大的雪橇，但他还没到那儿，就有一团蓝色的、恐龙形状的大家伙落在了他的腿上。

"圣诞龙！"恐龙像一只兴奋的小狗一样舔着威廉的脸，让他忍不住大笑，"我也想你！"

圣诞龙发出愉快的哼哼声，尾巴都摇了起来。距离他们共同经历那场不可思议的冒险并且成为最好的朋友已经过去整整一年了，知道圣诞龙对他的思念不比他对圣诞龙的思念少，威廉实在太开心了。

"威廉·特兰德尔。"圣诞老人带着愉快的笑容从雪橇上敏捷地滑了下来，接着在院子里表演了一个漂亮的前滚翻。对于这么大体型的人来说，圣诞

老人算是很有运动天赋了。

　　"圣诞礼炮，你比去年长高了，威廉！你父亲一定喂你吃了很多豆芽，是不是，呃，鲍勃？来拥抱一下，你还是老样子！还有你，我当然记得，帕梅拉·佩恩，我得说你今年看起来开心点儿了。那个前'淘气名单'上的孩子呢？噢，她在这儿！亮闪闪的圣诞彩球，布伦达，这件开衫真漂亮，嚯嚯！真高兴看见你们都……在一起！"圣诞老人兴

高采烈地问候了所有人，气都没喘一下。

鲍勃目瞪口呆地看着发生在他面前的魔法场景，眼睛里有泪光闪烁。"很，很高兴再次见到你，圣诞老人。"他结结巴巴地说。帕梅拉迅速挽住他的胳膊，帮助他回到现实里。

威廉来到圣诞老人面前，一把环住了他超级胖的肚子（他的肚子在他笑的时候会一颤一颤的，比起果冻来更像满满一碗浓浓的蛋奶）。抱着圣诞老人就像抱着一只无比友好的北极熊，而且他还像一杯刚冲好的热巧克力一样温暖。

"你怎么来了？圣诞节还没到呀！"他问道。

"威廉，这可不是问候尊敬的圣诞陛下的方式。"布伦达用一种奇怪的声音说起话来，听起来就像她对女王的印象不是很好。"圣诞老人先生，您能再次光临真是太了不起了。"她又加了一句，同时还行了个屈膝礼，蹲得很低，头发都碰到雪地了。

"你干吗这样说话？"威廉问。

"什么样，威廉？"她飞快地说，"不知道你在

说什么。"

"就这样！"威廉说。

"布伦达，布伦达，布伦达！"圣诞老人带着笑意说道，"你不用这么努力地表现得像一个好孩子。好不是表现出来的，而是……而是……嗯，好就是好！顺便提一句，我这一年都在留意你，你绝对可以在下一年的'美好名单'上排在前列。"

布伦达对着空气猛挥了几下拳头。"太棒啦！哈！我就知道！听到了吗，威利宝宝，你个大……"她顿了一下，圣诞老人正看着她，两道粗粗的白眉毛都挑了起来。"你个大聪明？"她说完，揉了揉威廉的头发，不好意思地笑了笑。

圣诞老人忍不住大笑起来，笑得肩膀直抖。"鲍勃、帕梅拉、布伦达，还有……威利宝宝？他们真的还这么叫你吗？"他悄声问威廉。

威廉的脸红了。"嗯，是的，不过……"

"还有威利宝宝！好了，给我的小圆烤饼抹上黄油，能回到这儿见到你们真是太好了，不过我这么大老远地过来可不仅仅是来看看你们的。"圣诞老人

带着狡黠的笑容，威廉看得出他其实很得意，"不是，不是！我是来带你们去我那儿看看的，去北极！"

这家人毫无动静。

他们**呆住了**。

"那个，我们希望能得到比现在这样稍微热烈一点的反应，对不对？"圣诞老人笑着看向圣诞龙，后者摇了摇它的尾巴。

"你是说我们？"鲍勃指了指自己和这个家的其他人，期待地问。

"是的。"圣诞老人回答。

"跟你去？"

"没错！"

"北极？"

"完全——正确！"

"坐那个？"鲍勃看着那架闪亮的雪橇。

"答对了！呃，除非你们有其他神奇的交通工具，可以穿越时空，在几秒之内把你们带到北极……是的，坐那个！"圣诞老人大笑道，"你们可能已经注意到了，现在时间实际上是静止的，但

它不会一直这样，所以如果你们能赶紧登上雪橇的话……"

"可是我们还没找个人照顾咆哮！"布伦达瞟了一眼她冻住的宠物说。那只狗正定在对着窗户大吼的姿势上。

"不用担心！拔下一根胡须的时间你们就回来了，它甚至都不会知道你们离开过。"圣诞老人微笑着说。

威廉看着他爸爸走到雪橇前，用颤抖的手抚摸着闪亮的金色雪橇板，一路抚过它们前端卷成的大圈，"太神奇了。"鲍勃喃喃道。

"还有更神奇的，爸爸，等你坐着它飞起来再说吧！"随着威廉的话音，一个斜坡板神奇地降下来，他自己推着轮椅上了雪橇，而布伦达紧随其后爬了上去。

"可是……你为什么要带我们去北极呢？"帕梅拉一边问一边小心翼翼地随着鲍勃登上雪橇。

威廉觉得他看到圣诞老人的脸上掠过了一丝阴影，就十亿分之一秒。但这个开心的男人似乎很快

甩开了它，又带上了明媚的笑容。

"嗯，这是一个非常好的问题。你看，我很少有客人，虽然我很喜欢跟精灵们在一起，但他们有点……呃，有那么一点……呃，该怎么说呢……真有点……"

"欢快？"威廉启发了一下他。

"过于！"圣诞老人说，"于是我想，让几个人类朋友来参观一下会很有意思。反正威廉去年已经来过了，你们也都见过我了，在大街上，看得一清二楚的，所以我决定，如果要带人来参观的话，那一定得是你们！来一场北极之旅——我请客！而且，当然了，圣诞龙一直期盼着能再见到你，威廉。"他补充道，恐龙愉快地附和了一声。

"这已经比上个圣诞更棒了！"布伦达开心地说。

呃，布伦达，这个故事才刚刚开始。等所有的时光穿梭开始，你就会怀疑人生的，然后还有冬季女巫和——对不起，不能"剧透"！

"现在，鲍勃，有没有可能你还保存着我去年

给你的那根拐杖糖？"圣诞老人问。

"保存？那根拐杖糖就没有离开过他的视线！"在帕梅拉的笑声中鲍勃从他的毛衣里面掏出一样东西——被他用红丝带系着挂在了脖子上。

"在这儿呢！"鲍勃微笑着举起那根红白相间的拐杖糖。

"太好了！你们会用到它的！圣诞龙，准备好了吗？"圣诞老人声音洪亮地说。

圣诞龙把头套进挽具里，从鼻孔喷出两股热气。

"驯鹿们？"圣诞老人大声问。

它们像浑身湿透的狗那样抖动着身体，以叮当响的铃声作了回答。

"威廉、鲍勃、布伦达、帕梅拉，你们准备好了吗？"圣诞老人微笑着问道。

"准备好了！"

"我希望你们知道歌词……"

圣诞老人从他那无底
洞似的口袋里的某处拖出
一个巨大无比的留声机和
一张锃亮的唱片。他将唱
片放在唱盘上，华丽的铜管
喇叭猛地爆发出一阵凯旋的
号角声。雪橇顷刻间从院子
里升起，留声机发出的声音像
是投射在他们前面的空气里，
在天空中形成了一条音乐铺成的
小径，为圣诞龙和驯鹿们指引了
方向。

　　"前往北极！"圣诞老人高呼。当他们从特兰
德尔家摇摇晃晃的房子上空飞过时，他唱了起来：

　　"圣诞老人的雪橇飞到了空中，
　　去一趟北极再回来，
　　没人会知道我们离开过，
　　因为我们冻结了时间。

去看看圣诞老人生活的地方，

看精灵们打包他送的玩具。

看一切多么的神奇，

当我们冻结了时间。"

"我们在飞！我们真的在飞！"鲍勃再也掩饰不住兴奋地尖叫起来——他的尖叫声似乎把雪橇托得更高了。

领着一群飞鹿的圣诞龙回头看了一眼，对上威廉的目光。威廉冲它点点头，它开心地高嚎一声，情绪高涨地冲向冷冽的天空。

如果整个镇子没有被冻结在时间里的话，其他人就会看到最奇异的景象。我的意思是，不是每个早晨你都能看到有一家人坐在圣诞老人的雪橇后座上，被八只神奇的驯鹿和一只恐龙拉着在天上飞。

"看那儿，威廉，那是我们学校！"布伦达指着下方一个小小的操场说。

"还有那儿，是弗雷迪家。"威廉定位到了他们同学家的房顶。

"啊，是的，28号的那个高个小伙子，他去年留给我的小薄饼味

道好极了！"圣诞老人拉着缰绳朝后大喊道。

"那是萝拉家！"布伦达认出了他们另一个朋友的家，激动地叫道。

"没错！你有没有可能告诉她父母重新放置一下她家屋顶上的户外灯？几年前它们把鹿角缠住了——花了好几个小时才解开。"圣诞老人说。

威廉惊奇地盯着下方蜿蜒曲折的街道，不知怎地，从上面看，这个镇子显得更奇妙了。

"我们到了吗？"布伦达打破沉默，"我可以去尿……"

"我们都还没离开伦敦呢，布伦达！"圣诞老人说。

在沉默中雪橇又驶过了几朵云的距离，可是没

多久圣诞老人也开始坐立不安起来。

"噢，乖乖！现在你弄得我也想上厕所了！"他说，"我们在服务区快速地停一下，然后就再不停了，一鼓作气到北极！"

他驾驶着雪橇落在最近的高速公路服务站，他们都去上了个厕所（包括圣诞龙和那八只无与伦比的神奇飞鹿——哦，是的，它们会留下无与伦比的神奇便便）。

威廉观察着周围的人，他们也都被冻在时间里了。

正在给汽车加油的人：**冻住了**。

正在买咖啡、奶酪、香肠、面包的人：**冻住了**。

等故障救援车的人：**冻住了**。

那感觉就像走在一张照片里。

等他们都办完事浑身轻松了，就又回到雪橇里他们各自的座位上。

"好了，呼，都上来了，准备出发——去北极，起飞啦！"圣诞老人声音洪亮地宣布。在重新响起的音乐声中，圣诞龙带着他们冲上了云霄。

第三章

欢迎来到北极

北极十分安静。

被冰雪覆盖的山脉耸立在如一块巨大的纯白地毯一般的空地上。

如果你只是随意来看看，这里看起来什么也没有。那是因为，只有被正式邀请的人，才能看到圣诞老人的"北极雪地庄园"。

不过你们很幸运，因为圣诞老人授权我给你们每个人发一根"时空转换拐杖糖"。

在这儿呢：

　　没错，这是画的，所以你最好不要吃掉它——但它的魔力不比真的弱。

　　"鲍勃？"雪橇开始下降的时候圣诞老人冲着后面喊道，"是时候看看那根拐杖糖有没有过保质期了！"

　　鲍勃颤抖着深吸了一口气，咬一口那根神奇的糖果，然后递给了帕梅拉。帕梅拉也咬了一小口，然后交给了布伦达。布伦达啪嚓一掰，把剩下的糖果一分为二，一半塞进自己嘴里，另一半给了威廉。

　　威廉看着手里的拐杖糖，它微微融化的断口闪着薄荷星尘一样的光辉，让他难以抗拒。他把它放进嘴里，一股凛冽的薄荷味在他的口腔里蔓延开来。

　　"你们或许会想往下看一眼。"圣诞老人回过头

来，微笑着对他们说道。四位乘客把身子探出雪
橇，看到了北极浮现出的第一道极光。

　　"我看见啦！"鲍勃尖叫道。

　　在他们观赏极光的时候，圣诞老人轻柔地说出
了这样的字句：

　　　"想象一下有一个地方

　　　集合了你们最大胆的梦。

　　　就是那种你从中醒来

　　　还会面带微笑的梦，

　　　像畅游在糖果的海洋，

　　　或如云朵一般浮起。

　　　梦中还有你最爱的歌

　　　在你耳边响起。

　　　你也许会觉得这个梦，

　　　这个地方你永远也到达不了，

　　　可如果你这样想，

那这一个地方你永远也知道不了。

你的梦想所蕴藏的奇迹
不会自己在你面前浮现。
如果你不心怀希望
那梦想就无法实现。

所以若你正梦想着什么,
就努力把它紧紧抓住
只要我们真心希望它实现
也许它就……"

　　在他爸爸、帕梅拉和布伦达都在看下方逐渐展现的魔法世界时,威廉却觉得最神奇的东西在天空中,就在他们身边。他看着前方的圣诞龙,一道蓝色的亮光随着它飞驰的身影上下起伏,与之交相辉映的北极光温暖地包裹着雪橇,像一个隐形的怀抱。

　　"你们最好抓紧点——你们的恐龙朋友可还没有完全掌握着陆的诀窍!"圣诞老人大笑着,从毛

茸茸的帽檐上拉下滑雪护目镜，挡在眼睛上。

威廉听到了圣诞龙的爪子落在冰面上的咔嗒声，接着是驯鹿的蹄子落下的哒哒声，最后是雪橇带着他们滑行时，金色雪板擦过雪地的嗖嗖声。

"哇——嚯——嚯！"

圣诞老人一边叫喊着一边使劲拽着缰绳，圣诞龙也把爪子扎进雪里——然而雪橇还是滑得飞快。它突然打起了转，绕着一个大圆转了一圈又一圈——直到他们终于停下来。

一片寂静。

这场降落扬起了一些雪，白色的雪雾把整个雪橇都笼住了，因此乘客们什么也看不见。

"后面的人还好吗？"圣诞老人开怀大笑着问道，"我们还在练习停车这件事，但圣诞节之前圣诞龙一定能掌握诀窍，我肯定。好了，无论如何，我们到了！我们到这里了！你们一定很高兴。所以让我们赶紧下去吧，尽管我们有大把的时间，那也

不代表我们就要磨磨蹭蹭的。"

圣诞老人跳下雪橇，一边愉快地哼着歌一边一个跟头翻进白茫茫的雪雾中，很快就消失不见了。

"我不敢相信我真的又回到北极了！"鲍勃颤抖着喃喃自语，"我从没有想过我还能再见到这个地方！"

"**看**！"威廉激动地指着几个矮小的、在雪雾中若隐若现的身影，打断了他。

"啊！那是什么？"布伦达说。

"不用害怕，是精灵！"威廉露出了笑容，"你们好呀，精灵们！"

正好这个时候，那些身影踏出迷雾、显露出来。

他们是雪挖挖、雪亮亮、雪闪闪、雪嘟嘟、雪泡泡、雪饼饼、雪包包和……呃……我又忘了，还有一个叫什么来着？

噢，雪探探！

他们就是许多年前找到了圣诞龙的那八个精灵。

"威廉！威廉！欢迎回来！

我们真高兴在这儿见到你！

54

过去这一年发生了很多事，

让我们来——告诉你！"

　　在他们整齐的和声中，斜坡板神奇地放下来，威廉转动轮椅，顺着斜坡下了雪橇。

　　"是的，是的，是的，我们后面有大把的时间说这些！"圣诞老人又嘟嘟囔囔地跑了回来，带来了一大群兴奋的精灵，"而现在，我相信有人已经准备好了一个小小的欢迎仪式。"

　　伴着这句话，精灵们瞬间庄重起来。他们让出一条小道，一位精灵从中走到了最前面。威廉不认识他。他穿得破破烂烂的，披着一件深色的拖地大衣，戴着一顶贝雷帽，看上去很疲惫。他的脸上架着一副深色的眼镜，闻起来有一股浓浓的咖啡味。

　　"孩子们，请允许我介绍雪衣衣，北极的娱乐总监。"圣诞老人笑着说。

　　"他还好吗？"威廉偷偷问圣诞老人。

　　"噢，是的，是的，是的，他很好。他就是一直在为这场表演不知疲倦地工作。雪衣衣有点完美

主义倾向。"圣诞老人嘟囔道，"对每个细节都很认真。"

"喔噢，一场表演！是哑剧吗？"帕梅拉问。

精灵们齐齐发出紧张的抽气声。威廉觉得雪衣衣看起来十分生气。"哑剧！我可是一个严肃的表演艺术家。"他怒气冲冲地说。

"不，不，不是哑剧。"圣诞老人捂住雪衣衣的耳朵，悄悄地说，"类似一个欢迎庆典，是雪衣衣

编剧、编舞、导演，并亲自主演的！就等你准备好
了，雪衣衣。"圣诞老人把这个衣着奇异的精灵轻
轻往前一推。

　　雪衣衣深吸一口气，把眼睛闭上。随后，刹那
间，随着一个定点旋转，他飞快地脱下了外套和帽
子。当他停下来的时候，他身上的衣服变成了一套
如银河般闪耀的演出服。一个华丽的话筒出现在他
手中，他开始放声高歌：

　　"这个星球上再没有哪里像北极这般

　　如同北冰洋上的钻石一般

　　但不要因为精灵这样说你就相信他

　　一旦你相信，你就会看到……

　　这个星球上再没有哪里像北极这般

　　像能满足你所有想象一般

　　但如果雪是黄色的请一定避开

　　那是驯鹿尿尿的地方

　　这个星球上再没有地方像北极这般

这段我们没有排练和声

只要你相信，你看到的一切就真的存在

在北极这个地方。"

    随着他的尾音，环绕在孩子们周围的精灵也一个旋转——将他们闪耀的演出服展现出来！透过弥漫在四周的雪雾，威廉看见了一个雪人组成的管弦乐队，正吹奏着胡萝卜长笛、弹拨着松果；还有一个北极狐组成的啦啦队，用它们毛茸茸的尾巴高举着字母牌拼成：

NORTH POLE(北极)

    森林仙子、抛烤饼的杂耍人、20 只跳踢踏舞的北极熊，以及一只梨树上的鹧鸪正一起进行特技飞行表演。雪探探和雪泡泡表演了一段鬼步舞，雪嘟嘟在雪挖挖的圆屁股上敲鼓。

    精灵们和雪衣衣一起唱起来：

"威廉，欢迎来到北极。

你可以把这里当成家一样。

再没有哪里比这里更棒，

你永远不会一个人歌唱。

威廉，欢迎来到北极。

这里像你的梦想一样无边无际。

这不是什么品位的问题，

就是没有哪里比得上北极。噢，北极。

这个星球上再没有哪里像北极这般，

打赌你永远不会想离开。

这里总是散发着蛋糕的香气，

在这里连拼写都变得容易。噢，北极。

威廉，欢迎来到北极。

是时候开始我们的游览。

这只是我们的提议，

但我们觉得你肯定也这么想。

欢迎来到北极，孩子们。

这是一个想象的国度。

但在这个世界上再没有

比北极更伟大的国度！噢，北极！"

歌曲结束，精灵们鞠躬致谢。威廉、布伦达、鲍勃和帕梅拉一齐欢呼喝彩。他们将最热烈的掌声留给了雪衣衣，他深深地鞠了一躬，维持了很长时间，直到他的助手们拿着水和毛巾冲上来，一边帮他擦着汗津津的额头一边把他领走了。

"真是**太精彩啦**！"布伦达大声说道。

"是啊。他真是一个天才，雪衣衣。"圣诞老人一边擦着欣喜的眼泪一边说着，"好了，你们这么远过来，不仅仅是来看精灵们的歌舞表演的。这是一趟观光旅行。它将会是鼓舞人心的！"

他们又欢呼了起来。

"难以解释的！"他笑着说。

欢呼声更大了些。

"富有教育意义的……"

威廉和布伦达发出了叹息。

"我就是想看看酷家伙威廉整天挂在嘴边的地方。"布伦达说。

"布伦达·佩恩，如果要说酷，那没有哪里比北极更酷了：这里可是字面上的冰——冷！①"圣诞老人一边妙语连珠一边准备领着他的节日游览团往前走去——然而一声低沉忧郁的叫唤阻挡了他的脚步。

是圣诞龙，它还站在威廉身边。

"拜托，圣诞老人，圣诞龙可以跟我们一起吗？"威廉问。

"哦，我有什么资格让一对好朋友分开？当然可以！"圣诞老人允许了。

"太好了！"威廉欢呼，圣诞龙也发出了一声激动的嘤咛。

圣诞游览团这下完整了，他们要准备去探索了！

---

① 英文单词 cool，既有酷的意思，也有凉爽的意思。

第四章

满是愿望的森林

你许过愿吗?

你当然许过!看我这傻问题。

好吧,可你看到过愿望吗?

我想是没有的!

因为你能看到的愿望只生活在环绕着北极的森林里,而且它们只在圣诞季存在。

我打赌你们都在想:那太棒了,旁白先生,可是愿望长什么样呢?

哦，我很高兴你这么问了。

这就是一个愿望：（图）

"啊，它们在这里。"圣诞老人一边领着鲍勃、布伦达、帕梅拉、威廉和圣诞龙在白雪覆盖的圣诞树之间轻轻穿行，一边悄声说道。他们正走向一些闪耀的光点，"这些就是愿望！"

再走近一些，威廉看到无数闪烁的、五颜六色的生物在树丛里发着光。

"正如你所看到的，它们非常小——大约也就是一便士硬币那么大——长着薄薄的、几近透明的翅膀。再凑近一点，你能听到一种丝弦一样的声音，就像尺子弹在课桌上的振动声，那是它们在扇动翅膀。"圣诞老人悄声说。

"它们是我……看到过的……最美丽的……东西！"鲍勃努力控制着自己的声音，他看起来激动得要晕过去了。

"一个愿望最重要的部位是它头顶上那根尖尖的天线。那是一个'愿望受体'！"圣诞老人解说道。

"'愿望什么体'？"布伦达问。

"'愿望受体'！一个愿望的愿望受体是一个高度敏感的愿望接收器，能接收到人脑发出的愿望频率。它们尤其对孩子们发出的愿望频率敏感，而孩子们在临近圣诞节的时候许的愿比全年任何时候都多！一旦它们接收到一个愿望的信号，就会被它吸引，就像飞蛾被月亮吸引一样。它们不会停下，直到愿望被实现。"

65

"哇喔！所以圣诞节才会有那么多好事发生？"威廉说。

"正是这样！"圣诞老人微笑道，"你们也许也注意到了，愿望们全身覆盖着厚厚的白色绒毛。而这些绒毛会根据它们要实现的愿望变换颜色。看，那边的树上有一张表。"他指着离他们最近的圣诞树上钉着的一块木片说道。那块木片上手工刻着：

蓝色 = 想要赢得比赛的愿望

绿色 = 为他人许下的愿望

红色 = 浪漫的愿望

黄色 = 有关天气的愿望

橘色 = 有关食物的愿望

粉色 = 有关健康的愿望

金色 = 有关财富的愿望

银色 = 简单的愿望

黑色 = 复杂的愿望

紫色 = 神秘的愿望

"当然，大多数愿望都是彩色的，因为它们是这些事情综合在一起的。举个例子，鲍勃，如果你许愿**天晴**，这样你就可以在威廉的学校运动会上**赢得比赛**，那你的愿望就会有一抹和天气相关的**黄色**，和赢得比赛有关的**蓝色**，所以最后呈现的也是**绿色**！"圣诞老人解释着。

鲍勃急切地点了点头，他一直紧跟着圣诞老人的每一个字，"不能跟你为他人许愿而显示的那种真正的**绿色**搞混，对吧？"他补充道。

"对极了！真不错，特兰德尔先生。我得小心你抢了我的工作！"圣诞老人大笑着说。鲍勃在帕梅拉的偷笑声中开心得脸红了。

"他以后会把这个挂在嘴边的！"帕梅拉偷偷地跟威廉和布伦达说。

"你说什么，亲爱的？"圣诞老人问。

"我说它们真是太美了——那些愿望们！"帕梅拉指着树丛间发光的白色愿望说，"真希望我能握住一只。"

就在那一瞬间，一团发光的白色绒毛球从空中

飘过来，朝她的方向落下。

"伸出你的手。"圣诞老人提示她，"你的愿望就要实现了。"

"我的愿望？"帕梅拉疑惑道。

"是呀！你说：'真希望我能握住一只。'于是愿望实现了你的愿望。"圣诞老人指着那团小小的绒毛球说道。

帕梅拉张开她的手掌，愿望轻轻地落在了上面，渐渐地从白色变成了亮银色。

"一个简单的愿望！"圣诞老人开心地点了点头。

"你们看见了吗？"帕梅拉尖叫道。所有人都挤到她身边来，想近距离看一看。

"太可爱啦！我们能留下它吗？"布伦达问。

"哦，恐怕不行，布伦达，你看……"圣诞老人指向那个愿望，它已经开始变得透明了。

"这是怎么回事？你能阻止吗？"威廉问——可是已经晚了。不过几秒钟，那个愿望就不见了。

"圣诞老人，它去哪儿了？"威廉问。

"噢，天哪，我希望不是我把它弄掉了！"帕梅拉喃喃地念叨着，在她脚边的雪地上搜寻。

"这没什么用，亲爱的。这只愿望已经完成了它的任务，所以它离开了我们。"圣诞老人解释道。

　　"离开了我们？你是说它死了吗？"布伦达轻声说。

　　"呃，不完全是。你瞧，一个愿望一旦实现，它就没有存在的必要了，它会平静地消失，化作星尘和美梦。"

　　"就像大黄蜂用了它的刺以后吗？"威廉问。

　　"是的，类似那样，威廉。它们都很珍贵，没有被浪费。所以当你们许愿的时候，一定要很慎重。"圣诞老人说着，朝发光的树丛挥了挥手。三只更小的、白乎乎、毛茸茸的愿望从树枝上浮起，落向鲍勃、布伦达和威廉。

　　"既然帕梅拉拥有了一个愿望，那你们每个人也可以带一个愿望回家。但你们一定要想清楚怎样使用它，以及在什么时候用。"

　　立刻地，那只漂浮在鲍勃身边的白色

愿望变成了发光的银色，并且越来越亮。

"鲍勃·特兰德尔，你就许了个愿吗？"圣诞老人轻笑道。

"我控制不了我自己。"鲍勃惊慌失措地说。

当一件大红色的圣诞套头毛衣出现在他手上时，所有人都倒吸了一口气。闪烁的彩灯被织进了羊毛间，还有一颗大大的、闪亮的圣诞装饰球缀在中间。鲍勃用颤抖的手按了一下那个装饰球，"铃儿响叮当"的音乐骤然响起，在整个森林里回荡**"哇！"**孩子们再次倒吸了一口气。

"又是毛衣？怎么你每次都是套头毛衣？"帕梅拉笑着翻了个白眼。

"你是怎么做到的？"布伦达问。

"我就想着如果有一件新的圣诞毛衣我一定会喜不自禁。无论在什么时候圣诞毛衣都会是我的最爱！"鲍勃一边说着，一边兴奋地将毛衣套在了身上。与此同时，布伦达旁边的愿望变成了墨汁一样的黑色。

"哇哇哇，一个复杂的愿望！"圣诞老人说，

"我们很少见到这种！"

那个愿望旋转起来，翅膀发出高频的振动声。它变得越来越亮，直到……

"成功了！"随着布伦达的欢呼声，一个完美的雪球出现在她手中。

"一个雪球？"威廉大笑起来，"这看起来并不复杂啊，我们周围到处都是雪！你自己就能做一个。这也太浪费。"

——哎哟！

雪球正中威廉的鼻子，雪泼了他一脸。真是无可挑剔的一击。随即，碎开的雪片开始倒退，重新组合起来，又变回了一开始那个完美的雪球，飞速回到了布伦达手中。

"我管它叫恒中球。永远不会融化，永远不会击空！"布伦达说着，吐了吐舌头，"我已经等不及要把它带去学校了。噢，看那儿——我的愿望！"

小小的黑色愿望开始变得透明，在他们的注视下最终消失在空气里。只剩下一个白色的愿望了。是威

71

廉的。

这只毛茸茸的小家伙飞下来，轻轻地落在了威廉的腿上。

"你好呀！"威廉笑着打了个招呼。

愿望伸出一只小小的手摆了摆。威廉大声地笑起来。

这只愿望爬了一圈，直到把自己舒适地塞进了威廉睡袍的口袋里，整个口袋亮起了一层雪白的微光。

"那么，威廉，你的愿望是什么呢？"圣诞老人露出兴奋的笑容。

威廉想了想。

"我……我希望……"他结结巴巴地说道。亮着微光的小毛团一直等着绽放自己的光芒，可它没等到。"我做不到！我不想让这个东西消失。看看它——它多可爱啊！你可以跟我走，跟我一起住，小愿望。我不会用掉你的——我不需要任何东西。"威廉轻轻地拍了拍他的口袋，保证道。

"非常好！鲍勃有了一件新毛衣，布伦达有了一个

72

新雪球，而威廉有了一只新的魔法宠物。"圣诞老人说。

圣诞龙忧伤地发出了一声呜咽。

"哦，不用担心，圣诞龙。你永远是排在第一位的！"威廉摸了摸圣诞龙冰凉的鼻子。那只愿望从他的口袋里伸出头来，对着恐龙做了个吐舌头的鬼脸，又飞快地躲了回去。

"现在，我们得继续我们的行程了，还有很多地方等着我们去看呢！跟我来！"圣诞老人说。他蹦蹦跳跳地带着他们穿过满是愿望的森林，直到来到了森林另一边的一片空地上。他原地转了个圈，带着激动的笑容张开双臂，宣布道：

"欢迎来到精灵村！"

第五章
精灵村

　　"这边走——别害羞！"圣诞老人一边蹦蹦跳跳地走进精灵村的第一条被白雪覆盖的街道上，一边笑着说，"这是一个微型小镇，房子也都是小小的，更像是小老鼠的镇子……哈！一定是精灵们在蹭我。哦，说起精灵们——他们在那儿！"

　　雪挖挖、雪亮亮、雪闪闪、雪嘟嘟、雪泡泡、雪饼饼、雪包包和雪探探正急切地站成一列，等着欢迎他们的访客。雪泡泡不停地跳起来张望，而雪

挖挖激动地放了一长串屁。

"精灵们等不及要带你们看看他们居住的地方。"圣诞老人悄悄地对威廉说。

威廉打量着他周围的景象。那些微型的建筑是用雪雕刻而成的，雪被压得紧紧的，像大理石一样坚硬。建筑上有窗户，是用晶莹剔透的冰做成的。尽管很迷你，这依旧是一个繁华的城镇，像伦敦的街道一样大气。

"我曾经见过一个像这样的村庄模型。里面有一条小河，上面的船还真的能动。"帕梅拉说。

"哦，这可不是模型，帕姆。我能叫你帕姆吗？听起来像火腿①，我最喜欢在圣诞节吃一块美味的火腿了。我知道吃火鸡才是传统，只不过……抱歉，我好像又说到火腿去了。我本来要说什么的？啊，对了！这些迷你的房子并不是玩具或者模型，这是北极的精灵村……是全世界的精灵的选择中排名第一的旅游胜地！"圣诞老人说。

---

① 帕姆 Pam，是帕梅拉的简称。和火腿 ham 音近。

"真是太棒了！"鲍勃轻声说道。他将眼镜在他的新毛衣上蹭了蹭，好看得更清楚一些。

精灵们都抬头看着他们，或者在他们经过时很有礼貌地摆手。圣诞老人领着他们穿过拥挤的街道，而威廉一直盯着路边商店里售卖的各种各样奇特又美丽的精灵物件。有一家商店的橱窗里堆满了毛茸茸的冬装，外面有个牌子，上面写着：

百分百
棉花糖填充
冬装外套

"真正的棉花糖吗？"威廉问圣诞老人。

"千真万确！你以为是什么让我在平安夜的雪橇上保证自己暖和得像烤面包一样？不仅如此，在你有点热……或者有点饿的时候，这种可食用的材料还能派上用场。"圣诞老人拍了拍他厚厚的红色外套，眨了下眼睛。

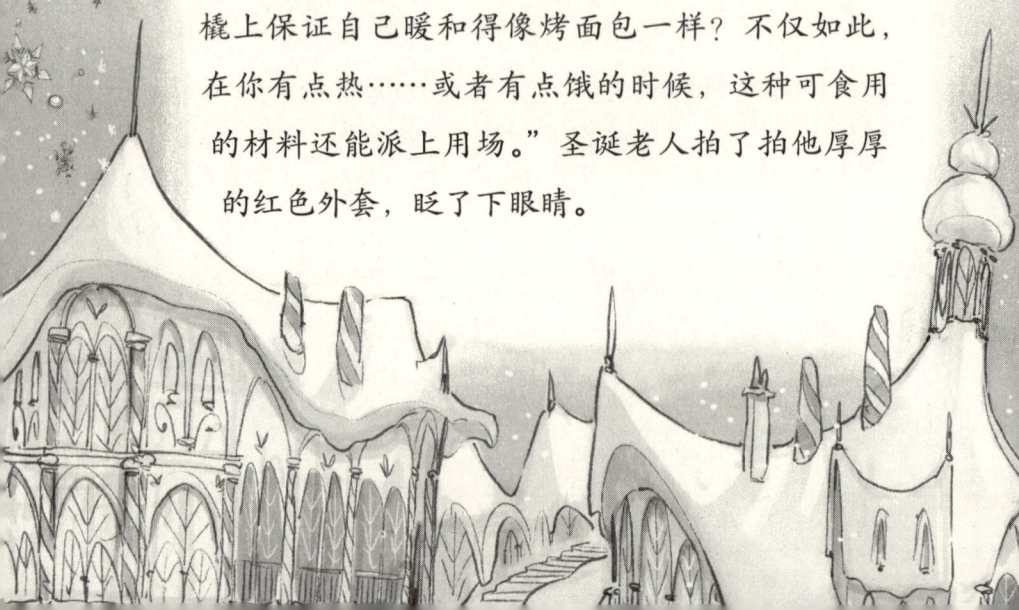

接着他们走过一个看上去很舒适的建筑。在屋顶上有一个装着热乎乎的苹果汁的浴缸，有三个精灵正泡在里面享受休闲时光。"雪日温泉。"威廉看着外面的招牌念道。

"他们家的足部护理做得很棒。"圣诞老人推荐道，"不过很遗憾，我从没做过。我的脚太大了，连他们的门都进不去。"

沿着这条街道，他们经过了：

* 一家持续有被燃烧的烛火融化掉的危险的香薰蜡烛店
* 一家正在清仓甩卖的雪球店
* 一家出售新鲜的小圆烤饼的烘焙店
* 一家滴答响的钟表制作店
* 一家啪嗒响的木屐鞋店
* 一家小发明家商店，橱窗里摆满了威廉从没见过的用黄铜和木头做的神奇的小物件

"这个地方太不可思议了！"布伦达说。

"嘘！"圣诞老人把手指竖在嘴唇上，"在这里要小心说'不可'这个词。"

"那些精灵在看什么？"鲍勃指着一群挤在街角的精灵问道。他们正盯着什么。

当访客们走近，他们看到这些精灵们的脸都被一个微型电视机发出的光映亮了。

"这些精灵在看什么？"威廉问。

"我们去看看！"布伦达说。她跑了过去。

"我可不是带你飞来北极看电视的！"圣诞老人说——可他还没来得及带他们离开，就听到精灵们在小声谈论着屏幕上的某样东西。

他们看到的是……

在一条喧闹的、满是圣诞采购者的街道上，有一家商店格外突出。商店门口的招牌上用闪亮的绿色霓虹灯拼出了"P先生的商店"。商店的门开了，一团干冰散开后，露出了P先生本人的身影。

他是一个高个子的男人，脸上晒得黝黑，衬得他

灿烂的笑容愈发炫目。他穿着一身剪裁精致的细条纹西装，非常契合他的宽肩。威廉觉得这身西装一定花了不少钱，不像他爸爸工作时穿的那些宽松的工作服。

P先生熨烫平整的衬衫一直扣到他那皮肤松垂的脖子的顶端，系着一根黑色的窄领带。他用手梳理出服帖的发型，为了驯服几根野生的发丝，所用的头油都快能抹一只圣诞火鸡了。在他的下巴上，他选择了所有面部毛发造型选项中最让人难以信任的一种——山羊胡子。

"噢，不！"帕梅拉叹气。

"他是谁？"威廉问。

"P先生。你知道的，这个镇上所有的玩具店都是他的。"布伦达快速回答道。

突然间，一首广告歌响起：

"谁还需要圣诞老人？

等着圣诞节多么烦人。

如今，在 P 先生的玩具店，

可以满足你的一切心愿！"

P 先生动作夸张地绕着他其中一家俗气的玩具店转了一圈，不断地从一个大口袋里拿出礼物来抛给大家。那则广告结束在几个横跨屏幕的大写单词中，有人用和动作片的预告片里一样低沉、戏剧化的嗓音念道：

P 先生的商店
比圣诞老人动作快

沉默笼罩了精灵村。威廉担忧地看向四周，没想到突然爆发出一阵笑声。雪泡泡和雪探探捂着肚子在雪地上打滚，就连圣诞老人都笑出声来：

"呵呵！"

"冷静，各位，冷静。"他一边笑着一边关掉了电视。

"谁还需要圣诞老人？"鲍勃倒吸了一口气，"真是厚颜无耻！"

"哦，别这样！"圣诞老人微笑着说，"我这么四处派送玩具已经让玩具店的老板们心烦不少年了！他们对我说：这没有商业逻辑！他们又叫又闹又跺脚——但圣诞节被他们阻止了吗？"

"没有！" 精灵们欢呼道。

"不必担心！要阻止我从烟囱里跳下去，不可

能只靠电视广告和一套贵得要死的西装就能做到。"圣诞老人自信地说。

"可是这不会被孩子们看到吗？如果他们看了决定不等圣诞节，而是用他们的零花钱直接去买想要的玩具怎么办？"威廉惊慌地说，"如果他们不再需要你，那是不是也不会再相信你了？"

圣诞老人顿住了。他看向威廉，后者正担忧地皱着眉头。他把手伸进他棉花糖填充外套的内口袋，掏出一个金色的、闪闪发亮的东西。

"这是什么？"威廉问。

"温度计吗？"帕梅拉看着这个精致的玻璃物件，猜测道。

"其中一种吧，只不过它测量的不是温度。这是信仰仪。"圣诞老人说着，把这个神奇的仪器拿给威廉看。

"那它测量什么？"威廉问。

"叮当瓦特。"圣诞老人回答。

"叮当瓦特？"威廉说，"叮当瓦特是什么东西？"

"我最亲爱的威廉，这是我们测量信仰的单位。"

圣诞老人解释道，"正是这些叮当瓦特确保我们的存在。在12月我们能获得超十亿叮当瓦特的信仰值！"

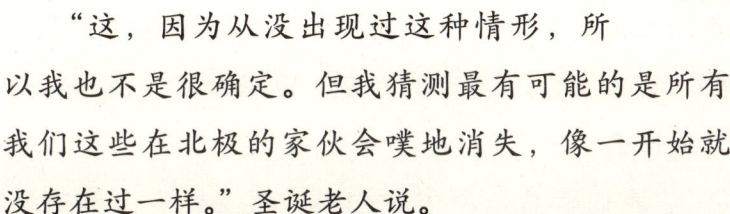

威廉靠过去，看到在0叮当瓦特和最高叮当瓦特的刻度间有一条红线。

"如果它降到0会怎么样？"威廉问。

"这，因为从没出现过这种情形，所以我也不是很确定。但我猜测最有可能的是所有我们这些在北极的家伙会噗地消失，像一开始就没存在过一样。"圣诞老人说。

"但你不能消失！你是圣诞老人啊！"威廉抗议道。

"严格来说，我恐怕是能消失的，威廉。如果连叮当瓦特让圣诞节继续下去的信仰都没有了，我就会消失得无影无踪，就像大太阳下的雪人，或者30多岁的流行歌星。"

"那圣诞龙呢？"威廉问，"它也会消失吗？"

"哦，不会的，它会没事的，威廉。你给了它足够的信仰，让它可以像冬夜的月亮一样闪耀。"

圣诞老人笑着说。圣诞龙不好意思地轻轻顶了威廉一下，以示感谢。

"除此之外，在这里，在北极，我还拥有一样P先生没有的东西。它比世界上所有的圣诞布丁一起堆在一个巨大的盘子里，再淋上双层奶油还要好，一整个飘荡着又温暖又香甜的——等一下，我要说什么来着？啊，对了，那个东西！它十分古老，又富有魔力……威廉，你应该还记得它！"

威廉的脸上绽开了笑容，他明白了圣诞老人说的是什么。

"我们要展示一下它们吗，威廉？"圣诞老人笑着问。

"噢，要，要，要！我的意思是，圣诞老人，请让我们看看。"鲍勃有些语无伦次地说道。

圣诞老人转向两个精灵，"雪包包、雪饼饼，我们雪地庄园见。"他对他们说。他们点点头，飞快地跑了，就像想第一个到达学校的学生。

"现在，跟我来吧！"圣诞老人大声说道。然后他带着他们踏上一座通向精灵村外的桥。他们越

过一条飘着温暖的碎肉馅派的肉馅的河流，穿过一个像挂着冰棱一样挂着红白相间的拐杖糖的山洞，经过只有圣诞故事书的图书馆和只播放圣诞电影的电影院——最终停在了一个雪橇过山车轨道的最高处。

"好了，谁先来？"圣诞老人一边笑着说，一边将几架不结实的木雪橇从处于滑降陡坡边的架子上拉过来。

他们往下看着那陡峭的、冰面的斜坡。

"您一定是在开玩笑——这基本是垂直坠落了！"帕梅拉大声说。

"那个是大回旋吗？"鲍勃问。

"没错！"圣诞老人回答。

"这太棒了！"威廉说。圣诞龙也叫了一声，表示赞同。

帕梅拉在发抖。"从这里下去？我没办法从这里下去！"

"我先来！"鲍勃急切地说。他抓住一个木雪橇，一屁股坐了上去。

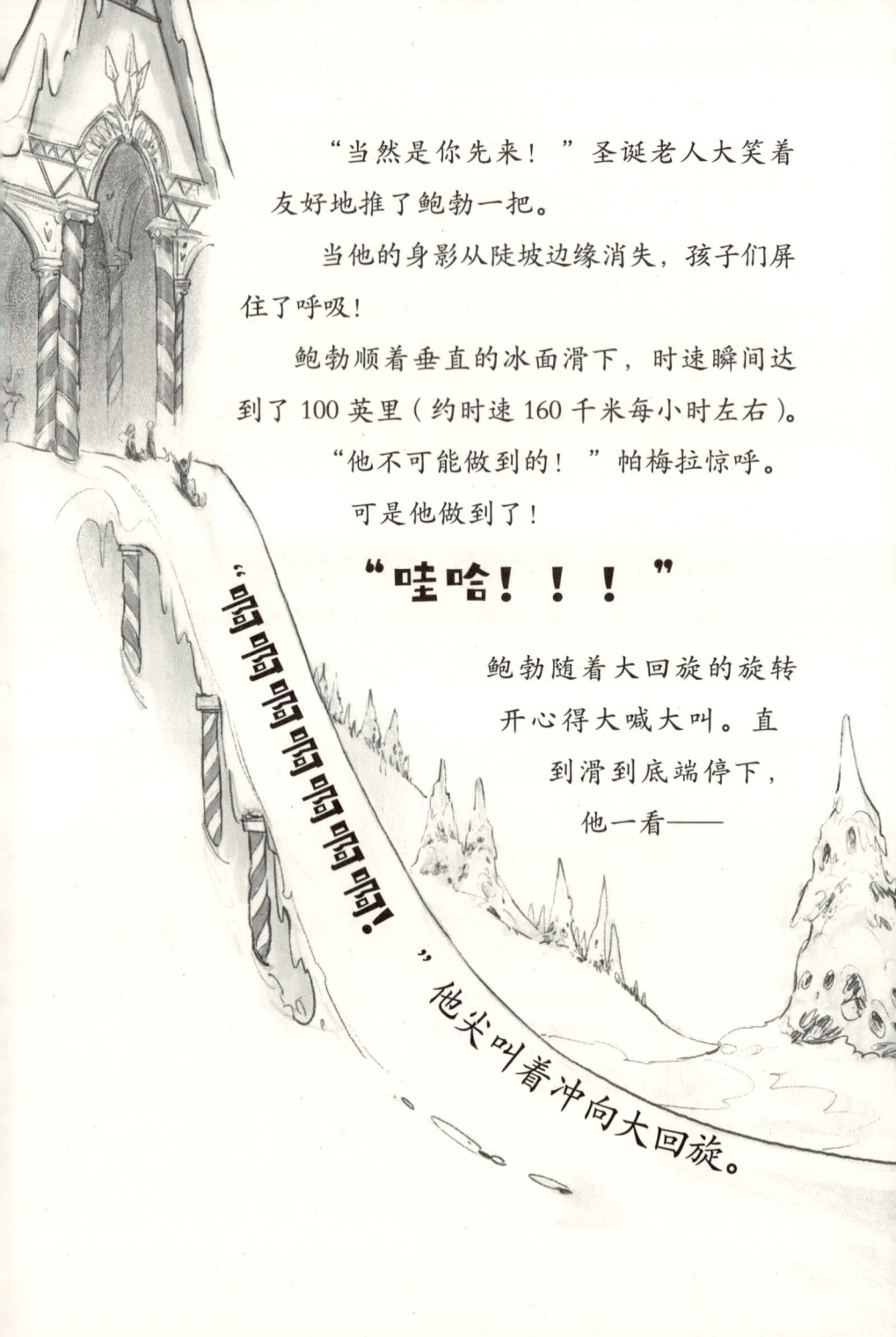

"当然是你先来！"圣诞老人大笑着友好地推了鲍勃一把。

当他的身影从陡坡边缘消失，孩子们屏住了呼吸！

鲍勃顺着垂直的冰面滑下，时速瞬间达到了100英里（约时速160千米每小时左右）。

"他不可能做到的！"帕梅拉惊呼。

可是他做到了！

"哇哈！！！"

鲍勃随着大回旋的旋转开心得大喊大叫。直到滑到底端停下，他一看——

"啊啊啊啊啊啊！"他尖叫着冲向大回旋。

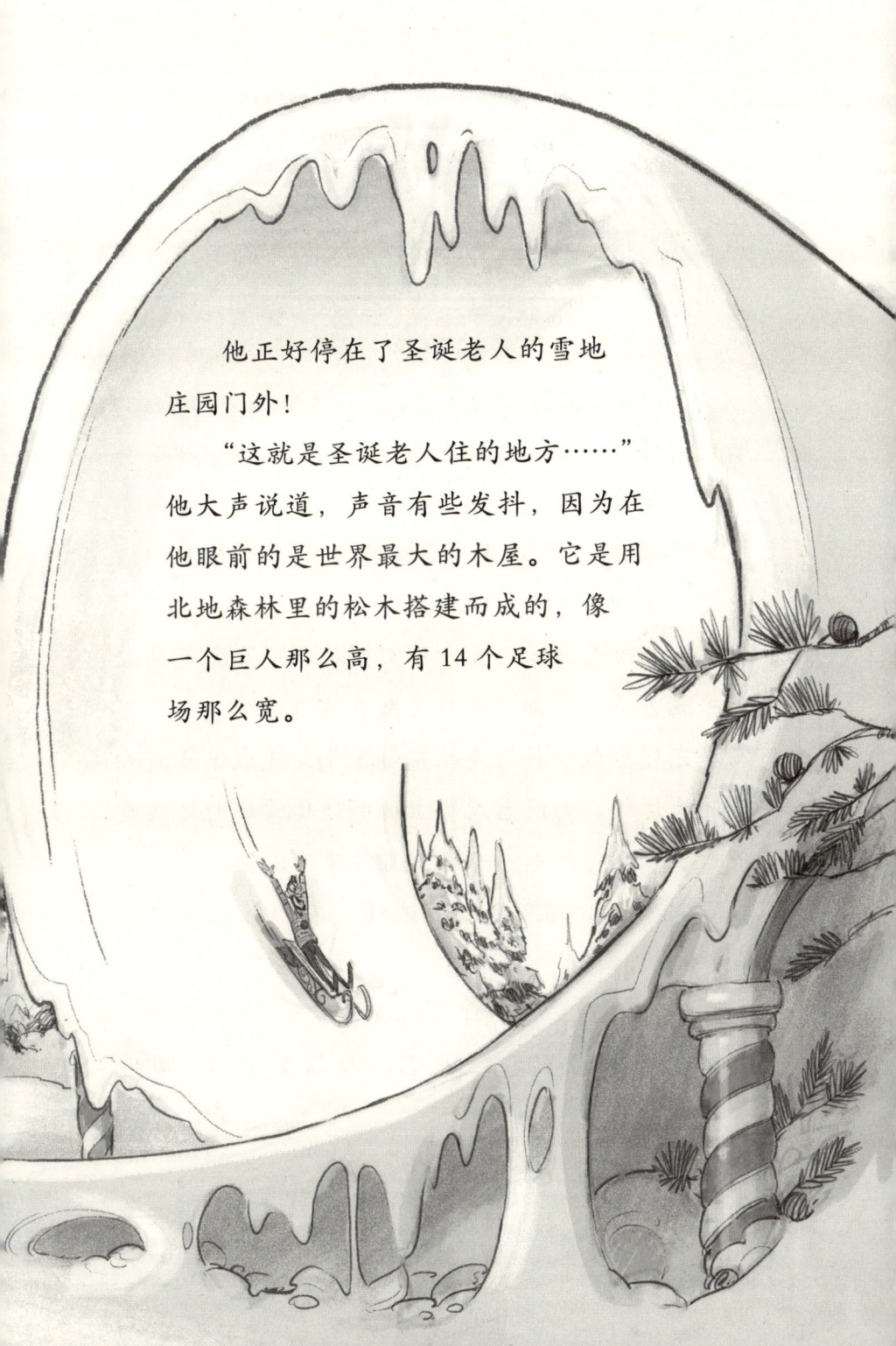

　　他正好停在了圣诞老人的雪地庄园门外！

　　"这就是圣诞老人住的地方……"他大声说道，声音有些发抖，因为在他眼前的是世界最大的木屋。它是用北地森林里的松木搭建而成的，像一个巨人那么高，有14个足球场那么宽。

"接下来我来！"布伦达跳上一架雪橇，一头扎下进了跑道，留下一串兴奋的尖叫。威廉看着她消失在陡坡下，转了一圈又一圈，最后滑行着停在了他爸爸身侧。

"来吧，妈妈——没事的！"布伦达喊道。

"好吧，宝贝……来了！"帕梅拉挪向陡坡。眼前的景象让她的膝盖直打颤，她是头朝下冲下斜坡的，几乎扑在了她的雪橇上。

"头朝下？真厉害！"当她妈妈来到她和鲍勃身边，布伦达大笑着喊道。

下一个是圣诞老人。他突然掏出一个充气的红色平底雪橇，不知道之前是藏在他哪个外套口袋里的。充气雪橇一秒之内就充好了气，变成了圣诞雪橇的迷你版。圣诞老人登上他的迷你雪橇时还向威廉敬了个礼，然后一个后空翻冲下了滑坡。

威廉小心地来到陡坡边缘，有些紧张地往下看去。

"真高啊！"他对圣诞龙说道。后者上前一步，来到了他身边。"我们一起怎么样？"他提

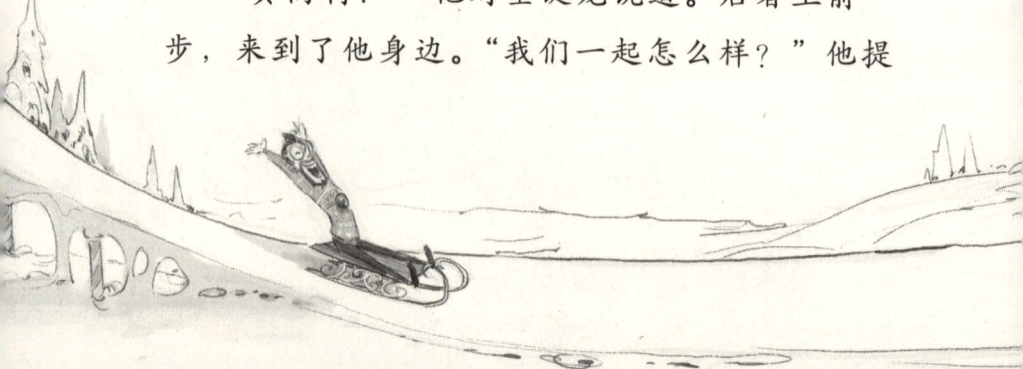

议道。

圣诞龙点点头，一丝笑容偷偷爬上它布满鳞片的脸颊。

"呃，我不需要那个。"威廉看到圣诞龙准备把一个歪歪扭扭的旧雪橇从架子上拉过来，说道，"当你有一辆轮椅，谁还需要雪橇呢？"他一边笑着一边把轮椅的轮子对准滑道。"准备好了吗？一……二——"

没等威廉数到"三"，他的恐龙朋友就用尾巴轻轻推了他一下，先把他送了出去！

"三啊啊啊啊啊啊！"

威廉尖叫着顺着斜坡滑下，轮椅上的轮子转得如风火轮一般。

圣诞龙紧随着他冲了下来，把他闪亮的脚缩在身子下面。

"这是作弊——你在飞！"当圣诞龙飞在他身后时，威廉尖叫道。而作为回应，圣诞龙用鼻子顶了他一下，让他在冲过大回旋时又加了一把速。

鲍勃、帕梅拉和布伦达在滑道终点张望着，威廉和圣诞龙化成了两道模糊的蓝色身影飞驰在扭转的雪橇跑道上。

"我们能再来一次吗？"布伦达恳求道。

"哈，不，现在不行！我们还有很多没看的！"圣诞老人一边说着，一边踏进他雪地庄园宏伟的大木门，"我们走吧！"

圣诞老人领着他们穿过那大得离谱的大门上嵌着的尺寸更合理一些的小门，然后他们来到了一个你难以想象的巨大门厅……

你想试试？那来吧！

想象一下**庞大的**，是一般的天花板四倍那

么高的天花板……继续……比那再高一点。

哇哈！

停！

这太傻了！把它们挪下来一点……对！那里！
这样看起来就差不多了。

地板是由巨大的圣诞松木拼成的，踩在上面就
像踩在一杯茶上那么暖和。这是因为这里的地暖系
统就是用正宗的英格兰红茶来供暖的。

空气里飘荡着新鲜香桂的味道，以及从远处某
些地方传来的颂歌和一些无意义的家庭争吵——真
实的圣诞节的声音。

访客们不敢相信自己的眼睛、耳朵和鼻子。

"快进来，快进来！欢迎来我家。"圣诞老人笑
得合不拢嘴，张开双臂转了一圈。

"这地方太惊艳了！"布伦达目瞪口呆。

"我们拥有一切你想象得到的，还有少数你压

根想象不到的。"圣诞老人呵呵笑着说。

两个精灵像是突然出现在门厅里，尽管他们其实一直在这儿。

"尊敬的圣诞老人陛下？"他们说。

"雪饼饼、雪包包，我有什么能帮你们的吗？"圣诞老人问。

"圆饼已经烤好了，可以品尝了！火鸡已经烤好了，可以浇汁了！"

雪饼饼和雪包包异口同声地唱道。

圣诞老人情绪高昂地笑着说："非常好！不过我们得先去看看树。"

第六章
最古老的圣诞树

"跟我来！跟我来！"圣诞老人一边唱着歌，一边蹦蹦跳跳地穿过他这座巨型木屋的木门廊，两边的墙上挂着五彩缤纷的画，都是世界各地的孩子画的。

他做了一个侧手翻，接着一个前滚翻，然后推开了两扇沉重的双开门，里面是一个看起来像图书馆一样的地方。

"图书？"布伦达嘲讽地说。

"不是图书——是名单。"圣诞老人说着，手指抚过那些靠墙排列的大部头年岁久远的书脊。

"你是指，'美好名单'？"鲍勃问道。

"以及'淘气名单'。"圣诞老人指着对面的墙回答说。那里同样摆放着数量惊人的厚厚的书。

"让我们去那里找找布伦达的名字！"威廉揶揄道。

"嘿！"她轻轻地推了他一下，"那是以前的我！"

"哦，威廉，那你恐怕要花费一辈子的时间去找她的名字。这里面实在有太多名字了。每一个孩子，无论是好的坏的，还是淘气的，或是乖的，我曾经送过礼物的，都在这些名单里。"圣诞老人笑着说，"不过这并不是我想让你看的。"

威廉、布伦达、鲍勃、帕梅拉和圣诞龙一起跟着圣诞老人来到这个房间的最里面，这里摆着一张书桌，几乎有整面墙那么宽。在桌上，有一棵十分古老、十分扭曲、十分神奇的圣诞树。

"这是有史以来的第一棵圣诞树……有史以

来！"圣诞老人语带惊叹地说。

"这比图书棒多了！"布伦达说。

"是名单！"威廉提醒她。

"嘘！我想多了解一些这棵树！它上面挂着的那些东西是什么？"布伦达指着松叶间长出的那些奇特的东西问。

"豆荚！"威廉兴奋地说。

"答对了，威廉！布伦达，让我来展示给你们看看它是怎么工作的。"

圣诞老

人绕过他的桌子，砰一下把他的屁股落在一张巨大的摇椅上。

他从一大沓纸里抽出一张，那上面有蜡笔画的他自己。他清了清喉咙，大声念了出来——不是对威廉、布伦达、鲍勃、帕梅拉或者圣诞龙。他是对那棵树念的！

"亲爱的圣诞老人，请问圣诞节我可以获得一个崭新的望远镜吗？我想用它来看星星。圣诞快乐！菲比·古森。"

接着，四周安静了下来。圣诞老人将他的手指竖在嘴唇前，大家都等着、看着。

噗！

"什么东西？"布伦达吓了一跳，问道。

"那棵树上的是什么？"帕梅拉大声说。

"那是豆荚，它里面的豆子最终会长成菲比想要的望远镜。"圣诞老人咧着嘴说道。

"长成？"布伦达说，"我以为礼物都是精灵们

做出来的？"

"你显然没有看上一本书！"圣诞老人说，"现在，威廉，布伦达，我有一份非常特别的礼物要送给你们。"

"太好了！我爱**礼物**！"布伦达搓着手兴奋地说，"不过，不会是一本书吧？"

"噢，我倒希望是！"威廉说着，笑了起来，"一本关于恐龙的书。"

圣诞龙又叫了一声，以示赞同。

"很可能会是哦。"圣诞老人说，"你们瞧，这份礼物可以是任何一样你们想要的东西！"

威廉和布伦达面面相觑，显得十分迷惑。

"任何我们想要的？"

"对，绝对是任何一样！我想着你们今年都来北极了，与其还让你们给我写信，还要浪费钱买邮票和信封，不如直接给你们一人一颗生豆。"圣诞老人神秘地说。

"哕！"布伦达鼻孔都张大了。

"噢，不是！"圣诞老人哈哈大笑起来，"生豆

子就是还没有被分配礼物的豆子。可以说就是一面空白的画布！等你想好自己要什么，你只需要悄悄告诉它，非常明确清晰地告诉你的豆子。"

"然后呢？"鲍勃脱口而出。一想到这些神秘又神奇的豆子，他就无法控制住自己。

"然后你把它种在雪地里，再然后……"圣诞老人顿住了，突然想到他的计划有一个问题，"啊，你们没有雪地，是不是？"

威廉和布伦达摇了摇头。

"冰矿呢？"圣诞老人期待地问。

更多人摇了摇头。

"圣诞节一般湿漉漉的，到处都是泥泞，通常没有冷到可以把雪留在地上的程度。"帕梅拉指出。

"好吧……那这行不通！这些豆子需要种在低于冰点的地方。那才是激活魔法的关键！"圣诞老人挠着他的胡子说。

"那如果把它们放在冰箱的冷冻柜里呢？"威廉提议道。

"没错！"圣诞老人大喊，"我怎么没想到？那

就像一处盒子里的雪地！真是绝妙的主意，威廉。聪明的孩子——我一直知道你是！只需要在你们的冷冻柜里腾出一小块地方，就在小鱼旁边，然后把你们的豆子埋在那里！天才！这样就行得通了！"

圣诞老人转向那棵树，把身子倾过去。

"现在，树儿呀——我是圣诞老人，我有一个特殊的指令。我需要一颗生豆给威廉——毫无疑问，要一颗已经准备好长成了不起的东西的好豆子！"

那棵树突然拱了起来，像是要下蛋一样，然后……噗！

在靠下的树枝上出现了一个松果一般大的绿色的东西。

是一个豆荚！

"好了，让我看看，真是一颗饱满的豆子！你会从中得到很棒的东西的，威廉！"圣诞老人声音洪亮地说。

威廉走进那棵树，从树枝上摘下了豆荚。

"树儿，谢谢你，就快完了。我们还需要一颗刚

刚那样的生豆送给布伦达，拜托了。"圣诞老人请求道。

"太好了！我的天哪，我有太多东西想找它要了。"布伦达的语速达到了百万英里每秒。

"得保证是好的东西哦，而且，不要浪费了。它只能长出**一件**礼物！"圣诞老人说。

"只能一件吗？"布伦达嘤嘤地问。

"只能一件！"圣诞老人肯定地回答。

那棵树剧烈地抖动起来，抖落了一些古老的松针。

"哪个布伦达？布伦达·佩恩！"圣诞老人回答。

"他在跟那棵树对话吗？"布伦达悄悄地跟威廉咬耳朵。

"我觉得是。"威廉惊奇地回答道。

"好吧……我就是确认一下不是我幻听了。"布伦达说。

"我就跟你说树会说话吧。"鲍勃也悄声对威廉说道。

"奇怪。"圣诞老人在树上找着豆子。

"怎么了？"威廉问。

"呃，我以前从没遇到过它不给豆荚的情况。树儿，你听见我说的了吗？快点呀——我们时间有限。各位，真抱歉。树都是顽固的家伙，你们知道的。"圣诞老人一边说，一边在树根上轻拍了一下。

那棵树回应了。它微微颤了颤，吓得布伦达往后跳了一步。

接着它又抖动起来，导致更多的松针落到地上。接下来这棵树好像在克制，在尽自己最大的努力不让这个生豆荚冒出来。

"怎么回事？"布伦达皱着眉头问道，"我的魔豆呢？"

"神奇，我不知道。"圣诞老人嘟哝道，"这太奇怪了。它好像决定——"

"决定什么？" 布伦达焦急地问。

"它似乎决定不长一颗豆荚给你。"圣诞老人解释道，他有些不自在，"我，呃……嗯，它觉得你会用它做些淘气的事。"

"可我已经变好了！"布伦达大叫，她用力地踩着脚，使得树又轻轻地颤了颤，更多松针被抖落下来——尽管一开始就没多少针叶！"我现在上了**'美好名单'**了！这是你自己说的！"

"哦，亲爱的，真是个乌龙。不过别担心，布伦达——你还是可以给我寄圣诞信，就像往常一样！"

"寄信？**寄信？**威利宝宝有一颗魔豆子可以长成任何他想要的东西，而我还要给你写'臭'信？"布伦达嚎哭起来。

"似乎是有点不公平。"帕梅拉看着鲍勃说。

"噢，别这样——因为威廉我们才能一起来到这里，有这样精彩的一天！"鲍勃指出来，"不如就让他拿着他的魔豆吧，嗯，布伦达？"

"行，总是这样，不是吗？完美的小威利宝宝总能得到一切好东西，而我只能坐在旁边看着。"布伦达喃喃自语道，"我还不如回'淘气名单'上。"

"什么？最后这句我没听清。"圣诞老人用手指掏着耳朵说。

102

"我说，没关系！我会像其他人一样给你写信。好好拿着你的豆子吧，威利宝宝。"布伦达说——只不过，根据她说这话的语气来看，威廉不确定她是不是真的希望他好好拿着。

"太好了。这就是圣诞节的意义！"圣诞老人开心地说。他拍了拍手，门突然打开了，雪挖挖、雪亮亮、雪闪闪、雪嘟嘟、雪泡泡、雪饼饼、雪包包和雪探探摇摇晃晃地走进来，拿着一个野炊炉和一口大锅。

精灵们把这些重物放在威廉面前的地上，雪嘟嘟往锅里倒了水。

"谢谢，精灵们。现在，威廉，把你的豆荚投进水里吧。"圣诞老人指挥道。

威廉按他说的做了，然后看着水开始冒泡。

"密切关注它……"圣诞老人说。

"它在动了！"威廉说。

"很好，很好！精灵们？"圣诞老人召唤他的帮手们。

雪泡泡转到锅边，往锅里看了看，然后向圣诞

老人竖了个大拇指。圣诞老人随后从他红外套的内口袋里掏出一把勺子伸进水里，舀出一颗白色带红纹的大豆子，大约有一个煮熟的鸡蛋那么大。

"这是什么？"帕梅拉问。

圣诞老人咧开嘴笑了。"这就是每个豆荚里的东西，魔豆本豆！你就是要对着它许愿，把它种在冷冻柜里……威廉的礼物就由它长出来！对了，威廉，我会给你写一份清晰的使用指南，告诉你怎么正确地照看你的豆子。确保仔细地对照着做，然后你就能在圣诞节从你的雪地里……对不起，是冷冻柜里，收获任何你希望得到的了！"

雪探探递给威廉一张小卡片。威廉把它塞进了他睡衣的口袋里。他小心翼翼地不碰到他的愿望，小家伙友善地吱了一声，晃到口袋的一侧，以腾出空间。

圣诞老人的眼睛突然亮起来，他打了个响指。"说起冷冻柜，我有了个主意！你们想看看北极的厨

房吗？"

"有好吃的东西吗？"布伦达满怀希望地问道。

"好吃的东西？为什么这么问？这可是北极！精灵们，告诉他们。"圣诞老人说。精灵们一边领着这一家人走出门向厨房行进，一边唱了起来：

　　"我们有拐杖糖，

　　小圆烤饼，

　　肉馅派，

　　小圆烤饼，

　　姜汁面包，

　　水果蛋糕，

　　我们有没有提到小圆烤饼？

　　烤坚果，

　　曲奇饼，

　　再切开一个

　　大大的火鸡

　　里面塞满了小圆烤饼。

我们舍不得扔掉一块碎屑，
因为它实在太过美味。
什么是这世上最好吃的食物？
没错，你们猜得对，
是小圆烤饼！

小圆烤饼，小圆烤饼，小圆烤饼，嘿！
真呀真呀真呀真美味。
小圆烤饼，小圆烤饼，小圆烤饼，嘿！
真呀真呀真呀真美味！
小圆烤饼让我们的舌头发出尖叫，
在我们的肚子里翻腾跳跃。
刚出炉的小圆烤饼最是美味，
充满了热乎乎的黄油味！

噢！

小圆烤饼，小圆烤饼，小圆烤饼，嘿！
真呀真呀真呀真美味。

小圆烤饼，小圆烤饼，小圆烤饼，嘿！
真呀真呀真呀真美味！

早餐、午餐、晚餐或下午茶，
小圆烤饼出现在每一餐。
我们实在太爱它，
所以写了这首歌唱得欢。
噢！

小圆烤饼，小圆烤饼，小圆烤饼，嘿！
真呀真呀真呀真美味。
小圆烤饼，小圆烤饼，小圆烤饼，嘿！
真呀真呀真呀真美味！"

　　当这家人来到厨房（在这首小圆烤饼歌又唱了26 遍后），厨房里的精灵们正忙得不亦乐乎，他们目标明确，行动迅速，很幸运，威廉看到布伦达似

乎也重新振奋起来了。

他们蹦蹦跳跳地围着各个烤炉打转，伴随着此起彼伏的"好的，厨师长！""不行，厨师长！"的声音。滚烫的灶炉上各种颜色和香味的煮菜和炖菜在冒着泡，小精灵们在分组搅拌和品尝他们美味的烹饪品。

雪泡泡分发给他们可以一口一个的新出炉的小圆烤饼，雪饼饼给他们一人倒了一杯冰牛奶。然而当雪饼饼打开冰箱把牛奶放回去时，威廉留意到一件奇怪的事情。

雪饼饼不是直接把牛奶放进冰箱。不是。他走进了冰箱里，然后彻底消失了，就像是有一扇门在他身后关了起来。

威廉简直不敢相信自己的眼睛。

"这是……？"他悄声说。

"你看到的和我看到的一样吗？"布伦达问他。她也正看着冰箱。

"再要点小圆烤饼吗，孩子们？"雪泡泡飞快地打断了他们。

"不用了。"威廉说着，转动轮椅靠近冰箱。

"威利宝宝，怎么了？"鲍勃看到威廉疑惑的表情，一边来到他身边一边问道。帕梅拉和布伦达紧跟着他们，不想错过这让精灵消失在冰箱里的神奇魔法。

圣诞老人忽然意识到他们想干什么。

"哦，我不会打开冰箱，除非我——"

他还没来得及把话说完，威廉就抓住冰箱的门把手拉开了门。

"这就是一个普通的冰箱呀！"威廉皱着眉头说。

它确实是。里面就是几层架子，上面摆着一些蔬菜、几盒牛奶，还有鸡蛋。就这些。

"可是雪兵兵呢？"布伦达问。

"是雪饼饼！"一个声音传出来。

"刚刚是从冷冻柜里传出来的吗？"帕梅拉指着冰箱下面那扇门问。

"孩子们，我真的不觉得我们的时间够——"

可是，圣诞老人的第二次提醒也没来得及说完，布伦达就拉开了冷冻柜的门。

一股猛烈的冷空气袭来，

嗖——的一声，威廉、布伦达、鲍勃和帕梅拉消失了。

第七章

绝对零度

"嗷！把你的脚离我的脸远点！"布伦达暴躁地说。

"把你的脸离我的脚远点！"威廉还嘴道。

"发生什么事了？"鲍勃问。

"我们这是在哪儿？"帕梅拉说。

"不管是在哪儿，这儿**冻死人了**！"威廉从打颤的牙齿间挤出这句话来。

他们聚在一个只能被描述为巨大的白色盒子的

中央。白色结霜的屋顶，

白色结霜的墙，整个空间唯一的光亮从后方照来，映得每个人都苍白得像一只北极熊。

"呃……鲍勃，我想你应该看看这个……"帕梅拉嗫嚅着，她正背朝着所有人。

鲍勃、威廉和布伦达转过身——他们见到的东西让他们大吃一惊。

"那是巨大的一盒小鱼条吗？"布伦达盯着那个高出了他们的头的巨型纸箱说。

"那些土豆华夫饼比我们的房子还大！"威廉说。

"我觉得不是它们太大了……我想是我们小了！"鲍勃说。

"没错，是你们小了！你们现在比跳蚤屁股上的粉刺还小。"圣诞老人的声音在他们头顶上方炸裂开来，响得他们都捂住了耳朵。"哦，对不起，这样好点吗？"他小声说道。

　　"是的！"威廉说。

　　"抱歉，你是说是的吗？你们得大声点！"圣诞老人说。

　　"是的！" 小小的冰柜帮一起尖叫道。

　　圣诞老人正低头看着他们，他的脸大得像一面电影院的巨大屏幕。圣诞龙出现在圣诞老人身后，兴奋地看着他们，一滴恐龙口水从他晃动的舌头滴落下来。布伦达急忙跳开，那滴巨大的口水砸在她身边的冰面上，一瞬间就凝固了。

　　"哦，当心点！"她扯着喉咙对着巨大的圣诞龙喊道，后者尴尬地闭上了嘴巴。

"我们这是在哪里？"威廉大声说。

"你们在冰冻柜里！"圣诞老人说，仿佛被吸进冰冻柜并且变成豌豆一般大小是一件很正常的事。

忽然间，从其中一个装着冻薯条的盒子后面传来沙沙声。

"还有其他人听到了吗？"帕梅拉带着一丝颤抖的声音问。

"不，不，没什么事！大家赶紧爬到我的手上来，然后我们可以接着游览……"圣诞老人说着，把他的大手伸进冰冻柜，并摊开了手掌，等着这家人爬上来。

可他们又听到了一样的沙沙声，貌似还有谁或什么东西和他们一起在这冰冻柜里。

"我觉得这里不单单只有我们。"威廉说着，往那些冰冻食物的后方走去。

"就这样，威廉——快到我手上来。马上，所有人。"圣诞老人恳求道——威廉甚至觉得他从圣诞老人向来愉悦的声音里听到了一丝恐慌。

然而，他还没机会问个缘由，就见一个小脑袋从一包冰冻的覆盆子后面探了出来。那是一个长相很滑稽的生物，有一对长长的、竖起来的耳朵。在那对竖起的耳朵上戴着一顶浅蓝色的鸭舌帽。这个生物的鼻子上还架着一副厚厚的眼镜，镜片是用冰块做的。

　　"谁在那儿？"那个生物四周看着，用低沉沙哑的嗓音问道。

　　"我是威廉·特兰德尔，这是我的家人。我们正跟着圣诞老人……游览……"威廉紧张地说，"很高兴见到您……"

　　"零度。"那个生物大声喊道，"绝对零度。"说着他顶了顶他的帽子，跳回了那包冰冻的覆盆子里。

　　"好了，在他回来之前赶紧跳上来！"圣诞老人从上面悄声说。

　　"那是圣诞老人的声音吗？"绝对零度在那包水果里的某处不耐烦地说。

　　"你好，绝对……"圣诞老人叹了口气，亲自跳进了冰冻柜里，一落地就缩成了和孩子们一样的

大小。

　　"让我加倍加班。这没道理，完全不讲道理。离圣诞节还有一个多星期呢，我在这里手指都要断掉了……"绝对零度自言自语地嘟哝道。

　　威廉看着他拖出一大桶柠檬冰糕。然后用他尖尖的脚猛地踢了一下那一大盒土豆华夫饼，使得一个巨大的冷冻华夫饼从那桶冰糕旁边的盒子里掉落下来。绝对零度把华夫饼当作梯子，爬上去打开冰糕桶的盖子，把温度计塞到美味的甜点里。

　　温度计的读数立时暴降，绝对零度满意地微微点了点头，把手

伸进他白大褂的口袋里，掏出一套用钥匙圈圈起来的银勺。他选了最小的一把勺子，舀了一点冰糕，送到他淡蓝色的舌头上。

一秒以后，他抓着头，恼怒得皱起了眉头。

"他还好吧？"威廉问。他有些担心这个滑稽的小生物。他看起来就像在忍受剧烈的头痛。

"哦，他很好。"圣诞老人说。他们都看着。

"他在做什么？"帕梅拉问。

"测试。"圣诞老人回答。

"测试什么？"威廉问。

"大脑冷冻性！"圣诞老人说，"绝对，怎么样？"

"这个有点意思！"绝对零度从他的大脑冷冻中挣脱出来，说道。

然后，这个古怪的小生物拉开他的白大褂，露出了里面一排排的口袋，每个口袋里都装着一个塞着软木塞的小玻璃瓶。他滑出一个玻璃瓶，用牙齿拔出木塞，把冷冻的雪糕装了进去。在他的白大褂敞开的时候，威廉看到每个小玻璃瓶里都装着各种

各样美妙的冻雪糕和冰激凌，其中有些打着旋、发着光，像魔法药水一般。

绝对零度塞回木塞，把柠檬雪糕塞进一个口袋，然后把他的白大褂重新扣了起来。

"圣诞老人，他是一个精灵吗？"在那个生物从华夫梯上滑下来的时候，威廉问道。

绝对零度停住了，他的其中一只尖耳朵朝威廉的方向抽动了一下。

"精灵？"他缓缓地转向威廉，一边卷起他白大褂的袖子，像是准备一拳揍向谁的鼻子，"是有谁刚刚说我是讨厌的精灵吗？"

"不，不，不，绝对零度。没有人说你是精灵。"圣诞老人安抚地说。

"那就好。因为我不是瞎闪的又唱又跳又押韵的精灵，我是一个雪仙。"他把小小的尖鼻子抬得高高的，骄傲地说。

"雪碧①？我以为那是一种碳酸饮料！"布伦

———————

① 雪仙 snow sprite 和雪碧 Sprite 是同一个词。

达大笑起来。她不知道永远、永远不要嘲笑一个仙子。

大错特错！

砰！

一团冰霜击中了布伦达的鼻子！

"没有人可以嘲笑一个仙子。"绝对零度声音嘶哑地说，"我现在还好笑吗？"

"不，不！"布伦达吓了一大跳，有点没想到自己有朝一日也会成为被雪球击中的靶子。

"很好。就当给你上一课。雪仙是仙子。不是精灵，也不是碳酸饮料。"绝对零度生气地说。

"他是一个暴躁的小家伙，是不是？"威廉对圣诞老人耳语道。

"是的，他的曾曾祖父是一个嘎吱怪。"圣诞老人解释说。

"现在，如果你们不介意的话，我要去混合这

剂药水了，否则时间就要追上你们了。"绝对零度不耐烦地说。

"时间？追上我们？"鲍勃说。听起来他很感兴趣。

"当然，你们这些傻乎乎的小小人类。"仙子不耐烦地说，"我的天，不然你以为你们在这儿的时候你们镇上的那些人为什么会冻在那里。他们不会自己冻住，不是吗？"

"我想我们已经听得够多了。"圣诞老人紧张地笑了笑，"让我们回到——"

"你没告诉他们她的事……是吧，圣诞老人？"绝对零度说。他的脸上露出一个顽皮的笑容。

"告诉我们谁的事？"布伦达问。

"没谁？现在谁想去鹿厩看看？"圣诞老人试图将孩子们从仙子身边引开。

"鹿厩？驯鹿？"仙子嘲弄地说，"谁会想去看它们，如果能见到——"

"别说了！"圣诞老人打断他。

"如果你们可以见到——"绝对零度戏弄地

说道。

"我是认真的，绝对！"圣诞老人警告道。

小生物像是准备好顽皮到底了。"好吧，我什么也不会说的。"他说。

圣诞老人松了一口气。

绝对零度邪恶地笑了，"尤其是任何关于**冬季女巫**的事。"

第八章

冬季女巫

威廉脖子上所有的汗毛都竖了起来，空气中仿佛有什么魔法在流动。也或者他只是感觉冷了。

可能两者都有一点！

"冬季什么？"帕梅拉打了个寒战。

"女巫！"绝对零度用一种比他原本粗哑的嗓音更吓人的声音说。

"冷静点，冷静点。没什么好担忧的。她不是那种女巫。"

"可是女巫不该在这时候出现啊。万圣节是属于女巫的，圣诞节不是啊。应该是秋季女巫，不是冬季女巫。"鲍勃说。他在努力消化这个新的圣诞资讯。

"啊，可她不是只在冬季出现的女巫。她永远在你身边。现在、未来、今天、昨天、明天……"绝对零度神秘地说。从他放肆的笑容，到圣诞老人烦恼的表情，威廉看得出这个仙子很明白圣诞老人非常想保持安静。

"圣诞老人，他在说什么？"布伦达问。

圣诞老人叹了口气。"好吧，如果必须说的话我会告诉你们，但只说一次。"他严肃地说。

一家人激动得相互看了一眼。谁不爱听秘密呢！

"你们知道，北极，是很多神奇生物的家，比如精灵，还有会飞的驯鹿……"

"还有一只恐龙！"威廉补充道。

"是的，还有一只恐龙。"圣诞老人笑着说。

绝对零度意有所指地咳了两声。

"以及仙子，尽管我不确定还能有多久。"圣诞老人生气地看着绝对零度补充道，"然而这里还有一个人，没有人知道，从来没有人知道。"

他盯着他们看了一会儿。

"她是圣诞节最大的秘密。"圣诞老人放低声音说，"她是令人惊奇的，因为她拥有非常大的力量，如果没有她，圣诞节甚至都不会存在。她比时间本身还要古老，却又像明天一样年轻。她为人所知的只有她的名字：冬季女巫。"

威廉又感受到了那股战栗，每次听到这个名字，他都会有一种冰冷的刺痛感。

布伦达眨了眨眼睛。"比时间本身还要古老，却又像明天一样年轻。我不能理解。"

"这样理解：时间就像一片雪花……"圣诞老人一边说着，一边从旁边结霜的冰箱内壁上摘下一片大雪花，拿到亮光下，让每个人看到。那片雪花有一个餐盘那么大，即使是躺在圣诞老人厚实的手掌里，每个人也能看到它如冰蜘蛛的网一般错综复杂的线条。

"你们瞧，它有很多美丽的脉络——我喜欢管它们叫霜线——从中心向每一个可以想见的方向延伸出来。同样地，今天也不是沿着某个简单、直线的脉络流向明天的，我们其实可以通过很多条可能的路径走向未来。那些我们所选择的路径会决定我们人生雪花的形态。"圣诞老人说。

"我想我明白了。"布伦达说，"等一下……不，事实上我也没有完全明白。你能把这些再说一遍吗，说得更清楚一点？"

圣诞老人抓了抓他的胡子。"这太难了。我没向谁解释过神奇的时间旅行。"他承认说，"让我们想象一下，你早上醒

来，决定今天穿你最喜欢的那双鞋子。你去散了个步，感觉美妙又愉悦，这时你这一天的霜线就开始形成了。你穿着你舒适的鞋子走出的每一步，都在绘制这条特定的脉络。"

"然而，如果我们重新开始这一天，你没选择你那双舒适的鞋子，而是穿上了一双从没穿过的新靴子。它们有点紧，但你还是决定继续穿着。这时一条不一样的霜线就会开始形成，只不过这一条更锋利、更不平整，而你穿着这双靴子走的每一步所造成的摩擦，会成为你的雪花里不一样的时刻。"

布伦达挥了挥手，以示她有问题。

"嗯，布伦达？"圣诞老人问。

"你不能改变霜……霜路……"

"霜线？"

"对！你不能从不好的霜线跳到好的霜线吗？"布伦达提议道。

"好问题，小布伦达，这是一个伟大的主意。如果你刚做了一个糟糕的决定，然后你跳到一条不同的时间线——你的雪花的另一条霜线上——在这

里你就没有做过那个坏决定，这样就太好了，对不对？"

所有人都点了点头。

"我恐怕只有一个还存在的人可以做到这一点。"

"让我猜一下。是冬季女巫？"威廉说。

"**完全正确！**"圣诞老人声音洪亮地说。"正因为这样，她才是现在今天这个样子。她是唯一一个有足够的力量冻结时间，挖掘一切可能的人。不然你们以为我怎么能在平安夜一个晚上跑遍全世界？那是在冬季女巫的帮助下！她冻结了时间，让我在其中穿行，完成我的工作。同样地，也是她为我们把今天暂停了！"

"可是为什么我们没有像其他人那样被冻住呢？"布伦达问。

"因为我请她不要冻住你们，不像剩下的世界那样。她是一个娴熟的时间控制者，布伦达，她可以按照自己的心意把时间冻结。"圣诞老人解释道，"冬季女巫可以让特定的人不被冻住——实际上，

127

每个平安夜我会选择世界上的少数几个孩子不被冻住，所以在我从空中飞过时他们能听到雪橇的铃铛声。这样就会一直有人相信圣诞节的魔法！所以，如果你曾经在平安夜的晚上醒来，你就知道你是那幸运的少数人中的一个。"

"上个圣诞节我们就是，布伦达！"威廉想到了。

"哇哦！"布伦达小声说。

"那她是从哪里来的呢？"威廉问圣诞老人。

"这就是最大的谜团，威廉。"他回答。但威廉发誓在圣诞老人说这句话时，他看到他脸上掠过了一丝奇怪的神色。

"所以冬季女巫具体是怎么冻结时间的呢？"布伦达问。

"哦，很简单。用大脑冷冻法！"圣诞老人咧开嘴笑着说。

"你是说，就像喝冰奶昔喝太快了时一样？"威廉说。

"对！"

"或者一口吞掉一整个冰激凌球？"鲍勃说。

"没错！"圣诞老人微笑着说。

"那为什么我们都不能冻结时间？"布伦达问。

"这就是我登场的时候了！"绝对零度鞠了个躬，"冬季女巫不是使用那种老旧的大脑冷冻法，而是用一种特殊的绝对零度诱发性大脑冷冻法。我是她的专属魔法药剂师。"他骄傲地展示了一下他白大褂里的那些装着冷冻雪泥的瓶子。"想看看我是怎么混合药剂的吗？"

"**想！**"他们齐声兴奋地喊道，听起来很像精灵在说话。

绝对零度很快将巨大的冷冻食品盒和包装袋推到一边，这对这么小的生物来说算是一个巨大的成就了。当一切东西被移开后，小雪仙揭开冰冻柜后面的一个角落，那里似乎有一个大玻璃碗，悬挂在一堆冰上。

"那是什么？"威廉问。

"这是我的冷锅。"绝对零度解释说，"这是唯一能让物质在零度以下还保持液体状态的容器。"

129

他抽出两个玻璃瓶，"一点柠檬冰糕，一片覆盆子波纹，最后，一种神秘成分，让它们比世界上任何一种液体都冰冷。"

听到这种神秘成分，威廉的眼睛亮了起来。

"一点点北极的冰片。"绝对零度说着，往冷锅里扔了一些蓝色的碎冰片。接着他把手伸到那个玻璃碗下面，用小小的尖手指打了个响指。

突如其来的闪光让所有人都吓了一跳。

"看那儿，那火是蓝色的！"威廉指着冷锅下闪耀的蓝色火焰大声说道。

"那不是火，你这个小蠢货。那是埃里夫！"绝对零度不耐烦地说。

"埃里夫？什么埃里夫？"布伦达问。

"你们全体的反应都比蜗牛还慢。"不友善的仙子嗤笑道。

威廉的脑子里突然灵光一闪。"是火反过来①。埃里夫——火。明白了吗？"

---

① 火的英文单词 fire 反过来写是 erif 埃里夫。

"对呀！"布伦达说，"酷！"

"比酷还冷！不是埃里夫是火反过来。是火是埃里夫反过来。你们都搞错了，跟往常一样。"绝对零度暴躁地说，"现在闭一下嘴。我得专注地做这件事。"

他掏出他的那串勺子，选了最长的那把浸进去。那零摄氏度以下的液体随着他的搅拌开始冒泡。

"没有人像北极雪仙这样制作大脑冷冻药水。"在他们都看着绝对零度测试温度时，圣诞老人悄悄地对他们说。

"准备好了！"他咧着嘴宣布。

仙子迅速从他的白大褂下掏出一个口哨，然后用力一吹。口哨声在密闭的冰冻柜里抽屉里震耳欲聋。他们脚下的地面剧烈地摇晃起来，灯熄灭了，他们陷入一片黑暗。

"发生什么事了？"帕梅拉尖叫道。

"取药时间！"绝对零度说。

就在这时，威廉看到一只巨大的、戴着手套的精灵的手伸下来，拿起装着冷冻液体的锅，在它巨大的手指里，那个锅看起来就像一个仙子的药水瓶。它关上抽屉，冰冻柜里的灯倏地突然间又亮了起来。

"他们会把它拿到哪去？"威廉问。

"直接拿去尊敬的女巫陛下那里。"绝对零度自豪地说。

"我们能见见她吗？"布伦达问圣诞老人。

威廉觉得圣诞老人的脸色刷地白了。"绝对不行。"圣诞老人说，"她在一个秘密的、隐蔽的地方。那是被禁止的。"

"求求了！"

圣诞老人摇头。"不行！绝对被禁止的。"

"求——求——你——了！"

“绝不可能！”他坚持道。

“就连告诉我们她在哪里也不行吗？”布伦达说。

“他已经告诉你们她在哪儿了。”雪仙大笑着说，“好了，很高兴见到你们。希望你们在这儿过得愉快。远离被禁止的地方。”

他眨了下眼，转过身，用披风裹起他的白大褂，然后消失在空气里。

“他是什么意思？你已经告诉我们了？”布伦达皱着眉头问。

圣诞老人假装没有听到这个问题。“好了，你们觉得我们离开这里，去个不这么冻人的地方怎么样？”他拍了拍手，很快地说道。“从这儿走，一次一个，往下。”他指向一个小小的滑坡，通往一个从冷冻柜的内壁回到厨房的洞口。

“那是什么？”帕梅拉问，“又

一辆过山车吗？"

"自动取冰器！走吧！"圣诞老人朝斜道点头示意。

这次威廉想第一个走。他径直推着轮椅冲过去，顺溜地滑下滑道。

"哇啊啊啊啊啊！"他大叫着从自动取冰器滑下，弹进了厨房里，瞬间变回了他原本的大小。

圣诞龙正耐心地等在冰冻柜外边，用一个热情地舔舔迎接了他。

"你能停下吗？"威廉咯咯地笑道，"让我们帮其他人出来。你能帮我从那上面拿个玻璃杯吗？"他指着厨房里一个摆满了玻璃杯的高橱柜说，他够不到那儿。

圣诞龙很乐意帮忙。它伸长脖子，用雪白的牙齿咬着橱柜门拉开，用舌头卷起一个大玻璃杯。它翻转杯子，放到它布满鳞片的头上，然后竖起背上的鳞片制造阻力，再让玻璃杯顺着它的脊椎滑下，再顺着尾巴落到威廉等待的手中。

134

"谢谢！"威廉把玻璃杯推到取冰器的下面，里面传来一些咔嗒咔嗒的声音，伴随着尖叫声和欢笑声，接着鲍勃、帕梅拉、布伦达和圣诞老人猛地从冰冻柜的洞里掉出来，掉进玻璃杯里，又弹出去，变回原样在厨房着陆。

圣诞老人挥舞着双臂完成了在这一系列让人眼冒金星的弹跳。"啊，回到圣诞老人的尺寸真是太好了！接下来我们还有很多要看的。跟我来！"他一边大声说着一边往厨房外走去。

"扑哧！"在鲍勃和帕梅拉赶紧跟上圣诞老人后，布伦达对威廉示意道。

"什么？"威廉说。

"你和我想的一样吗？"

"如果你也在想我们应该跟着圣诞老人，不去做任何会给我们惹麻烦的傻事的话，那就是的。"威廉说。

可他是知道布伦达的——而且他看得出她有其他打算……

第九章

禁地

圣诞老人领着大家在十分舒适的雪地庄园里穿行。

"这里就是分发小圆烤饼的地方。"他唱道，"而那边是打包礼物的地方。"

他们面前的门廊分叉成两条。圣诞老人朝右边的走道愉快地点了点头，那条路被愉悦的灯光照得很明亮。

"啊，快了！我们就要到达圣诞龙孵化出来的

地方。我知道你们一定想看看那里。"他笑着看着威廉和布伦达，补充道。圣诞龙骄傲地叫了一声。

"确实！"威廉赞同道。

"太好了！鲍勃、帕梅拉，或许你们可以带路？我得稍微停一下，厨房里还有很多美味的冰牛奶。"圣诞老人解释说。他拍了拍自己的大肚子，笑起来。

"我们的荣幸，圣诞老人。"鲍勃夸张地说。

"就在袜子缝纫室后第一扇绿色的门。"圣诞老人说完，敏捷地跳着转身，沿着左边那个阴暗走廊蹦蹦跳跳地走了。在圣诞老人从拐角处消失之前，威廉注意到他很快地往身后瞥了一眼。

看起来他很不想被人跟着。威廉想。

鲍勃和帕梅拉一边兴奋地聊着天一边往前走去。威廉发现布伦达正偷偷摸摸地跟着圣诞老人。圣诞龙也跟在后面，好奇地看着他们两个。

"布伦达，你打算干什么？"威廉悄悄说。

"是我表现得古怪一点，还是圣诞老人？"她压低声音说，"我指的不是那种兴高采烈地过圣诞

节式的古怪。我指的是他对我们隐瞒了一些事。"

威廉什么也没说，他不想承认布伦达也许说得有一点对。

"我觉得这个冬季女巫还有比他说出来的更多的东西。我想找到她。"她的眼睛里闪着一种顽皮的光。

"你这样会回到'淘气名单'上的。"威廉警告道。圣诞龙用鼻孔呼了呼气，以示赞同。

"嗯，那棵发霉的老树本就认为我还在那上面！"布伦达反驳道。她对他俩吐了吐舌头，"好吧——就按你们说的。"

她停了一会儿，然后睁大了眼睛。"嘿，威廉——听呐！你爸爸在叫你。他一定发现了我们没跟上去！"

威廉看向他爸爸和帕梅拉消失的那扇绿门。他皱着眉头，伸长脖子听了听。可是没有喊声，没有叫声，没有笑声——什么也没有。

只有身后响起的一阵急促的脚步声。

威廉飞快地转过轮椅。

布伦达不见了。

"呃，我刚刚真的就这么上了一当吗？你能让那个孩子离开'淘气名单'……"威廉摇着头叹息道，"我们该怎么办，圣诞龙？"

一股冷风吹动了威廉脖子后面的几缕头发。那微风是从左边的走道吹来的。

他往前挪动了一点，看过去。

圣诞龙打了个哆嗦。

那边又冷又暗，威廉实在不想往那边去，如果不是那在走道尽头一闪而过的完美的金色卷发，他就要在怦怦的心跳中转身了。

"布伦达……"他低声喃喃道。

他看了一眼温暖、愉快、一点也不吓人的右边走道，和那扇诱人的绿门。他爸爸和帕梅拉一定还在等着他们。

威廉叹了一口气。

只有一件事是确定的。不管有没有女巫，他得

跟着布伦达。

他看向圣诞龙，蓝色的恐龙点了点头。

他们一起去。他俩快速而安静地朝左边的走道走去。

"等我们抓到布伦达就把她带回来，只要几分钟就够了，没有人会注意到。"当他们走进阴暗中时，威廉对圣诞老人说道。

长长的门廊向左边拐去，威廉走得越远，就感觉越冷。他能在空气里

看到自己呼出的气，当他用力推着轮椅时，他的手指都开始麻木了——还有，这是他的错觉，还是两边的墙真的都开始结霜了？为什么他的轮椅越来越难滚动了，几乎就像是在雪地上移动一样。

忽然，他听到前方传来一张老旧的门缓缓打开的嘎吱声。

"哇，哇！慢点！"他对圣诞龙小声说。这时当走道把他们领到了一个巨大的如月光般闪耀的玻璃温室里，它看起来就像一个冰雪花园。天花板的宽木板上覆盖着厚厚的白雪，花园的柳条编织家具上结着一层微微发光的霜，使得这个冰冻的空间散发着一种奇异的蓝色。

威廉在嘴唇上竖起手指，示意圣诞龙保持安静。

这个温室里有东西在动。

这儿不只有威廉和圣诞龙。

布伦达蹑手蹑脚地从温室里的一张椅子后面走出来，踮起脚尖向房间后面的门走去，伸手去拉黄铜门把手。

"布伦达！"威廉怒吼道。

布伦达吓得跳起来："你这个白痴！你差点把我的命吓没了！"她恼怒地说。

"这是因为你要干坏事！"威廉和圣诞龙从阴暗处走出来，"你又要使你那些老把戏！"

"我没使什么把戏。冬季女巫就在这扇门后面，我就要亲眼见到她了。"布伦达说。

"为什么你这么执着于见到她，你明明知道那是被禁止的。"威廉问。

"我……我不知道。我没法解释。我就觉得我想见见她。"布伦达说。

"你确定她就在那扇门后面？"

"是的！你看！"

布伦达指着那扇门。威廉走进去，看见黄铜把手上的一块面板上刻着几个字。

禁地

"禁地？这是什么？"威廉皱着眉头问道。

"你还不明白吗？绝对零度说圣诞老人已经告诉了我们冬季女巫在什么地方——而他确实说了。"

"圣诞老人说那是被禁止的……"威廉回忆道。

他突然明白了。

"被禁止的地方——**禁地！**"他倒吸了一口气。

"正是！冬季女巫就在这扇门后面！"布伦达说着就举起手去转黄铜把手。

圣诞龙紧张地低吼了一声。

"布伦达，别！"威廉说。

"听着，威利宝宝，这是一个一生只有一次的旅程。"

"不，这不是，我已经来了两次了。"

"好吧，我们不可能都是圣诞老人的宠物恐龙一辈子最好的朋友！"

圣诞龙皱着眉头哼了一下。

"你是什么意思？"威廉不耐烦地说。

"我的意思是我要穿过这扇门去看看冬季女巫

"给我让开！"

到底是个什么东西。"

"**不行，你不能！**"威廉大喊道。他推动轮椅，挡在布伦达和那扇门中间。

布伦达大吼着，绕过威廉抓住了门把手。

"不行！圣诞老人说了不能这么做——而且圣诞龙已经有不好的预感了！"威廉抓住布伦达的胳膊大声说。

圣诞龙咬住布伦达的开衫，把她从门边拽开。他们三个互相角力，都想占据上风。最终，布伦达

"我停不下来了！"

用尽全身力气往上一够——门被推开了。

布伦达没站稳，跌跌撞撞地往前扑去，圣诞龙也被一拉，而他俩又都倒在了威廉身上。门被推开的那一瞬间，布伦达加上圣诞龙的力量推着他的轮椅越过了门框的边缘。

"啊——哦！"他们一起滚进冰冷的空气里，开始沿着一条光滑的冰冻的路飞驰而下。

威廉大叫道。他的轮椅一路加速。

布伦达大声尖叫。她越过威廉的肩膀看着一排快

"抓紧——

我们要

撞车了!"

速逼近她眼前的白雪覆盖的大树……然后他们跌进了神秘的禁地。

第十章

惊艳的迷宫

威廉的头完全埋在了雪里,除了一片白色他什么也看不见。他听到近处传来恐龙踩在雪地上的轻柔脚步声——圣诞龙先站了起来!

"我在这儿!"他大喊道。很快他的恐龙伙伴就把他和他的轮椅从雪堆里挖了出来。

"谢谢!"威廉说,"你还好吗?"

圣诞龙点了点头。

"能帮我一下吗?"一个闷闷的声音打断了

他们。

几米之外，两只脚戳在一个雪包外面，威廉听到被卡住的布伦达沮丧又暴躁的闷哼声。

圣诞龙把头埋进雪堆里，把她解救了出来。

"谢谢！"布伦达找回了呼吸，抖了抖，甩掉身上的雪。

圣诞龙以一种"不用谢"的姿态点点头。

"我为我之前说的话道歉。我不是那个意思。"布伦达说，看起来很真心实意。

恐龙用头蹭了蹭她的肩，威廉看得出它已经原谅了她。

"你还好吗？"布伦达转向他，问道。

"还好。这就是为什么我要一直系着我的安全带！"他说，"你怎么样？"

"我没事。"

他们彼此以一种"不用谢"的姿态向对方点点头。接着布伦达往威廉身后瞥了一眼。

"看那儿！"她轻声说。

他们凝视着一排高高的、结着霜的冬青树篱，

那树篱一直向两边延伸，一眼望不到头。在他们的正前方的冬青树篱上有一个敞开的口子，而那条他们沿着滑过来的冰路笔直指向那里，引诱着他们过去。

"那是一个迷宫。"威廉盯着那个入口说。

"我觉得她就在里面。"布伦达悄悄地说。

圣诞龙呜咽了一声。

"没事的——别怕。"威廉伸手拍了拍他朋友的鬃毛，安抚它说。事实上他也非常害怕，但他不能让布伦达看出这一点。

"只要我们协作就能走出来。"布伦达说着，向迷宫的起点迈去。

"你在开玩笑吗？我才不去。我们一定会在里面迷路的！"威廉抗议道。

"有它我们就不会。"布伦达指着圣诞龙说。后者躲到了威廉身后。

"什么意思？"

"它是一只会飞的恐龙！如果我们迷路了，它可以飞到空中帮助我们！"她说。听到这里，一想

到自己能起到重要作用，圣诞龙骄傲地昂起了它覆满鳞片的头，尽管威廉知道恐龙还是很害怕。

"好吧——我们进去两分钟，然后就直接回去。"他对布伦达说，试图让自己的声音听起来很坚定。

一会儿后，他们进入了迷宫。圣诞龙安静地飞在前面，悬在刚好能从上面看到迷宫的高度。

"看见什么了吗？"布伦达悄声问他。

他摇摇头，他们继续朝前走去。圣诞龙紧张地领着他们在迷宫里穿行，带着威廉和布伦达一连串地左转右转，告诉他们怎么避开死路。

他们在里面走了感觉有几小时的时间，向左转向右转，向左转向右转，飞行的圣诞龙一秒也没有犹豫。

直到——突然间——圣诞龙僵在了空中。

它把鳞片收得紧贴着身子，

降低了它的位置，只留一双眼睛越过冬青树篱的顶端偷偷看着。

"怎么了？"布伦达轻声道。

"你看到什么人了吗？"威廉问。

圣诞龙点点头。

"是……她吗？"布伦达问。

可就在这时他们听到了一个熟悉的声音。他们定住了，静静听着。

"我已经按你说的做了。"圣诞老人说——威廉从没听过这个欢快的大个子男人用这么严肃庄重的声音说话，"他们已经来了。但——但你确定这是唯一的方法吗？"

一片沉默。

"不会有人受伤吧？如果要穿过你那些随时可能融化的冰棱？"

还是沉默。圣诞老人深深地叹了一口气。

"那好吧……"他说。

威廉瞥了布伦达一眼，后者张大了嘴。

"你觉得他是在跟她说话吗？"她低声说，"你

觉得他说的这些是什么意思？"

威廉耸耸肩，他怎么知道。

忽然，他们听见圣诞老人雷声般的脚步声朝这边来了。

"他过来了！"布伦达抽气道。在巨大的恐慌中，她跳进了迷宫的冬青树篱里，威廉别无选择，只能跟上。他们听到头顶上传来了轻轻的刷——的一声，圣诞龙飞向树篱上方，消失在他们的视线以外，而就在这时，圣诞老人步履沉重地从他们的身边走过。

威廉瞥见他圆圆的、通常充满喜庆的脸庞，意识到圣诞老人正陷在被麻烦困扰的思虑里，就算他们没有躲在树枝间，他也有可能径直走过他们。

几秒之后，温室门轻轻的咔嚓声传进迷宫，三名闯入者松了一口气。

"哎哟！"威廉在清理他头发里的冬青树叶时，龇牙咧嘴地叫了一声。

"对不起，我刚刚只想着不要被逮到。我们得弄清楚他是跟谁说话！"布伦达兴奋地说。

"你不会错过这种事的，对不对？"他说。

"对，你说得对极了。来吧——我们走！"她说着，迈出了步子。等他们来到迷宫中央，她对威廉说，"你应该走在前面。"

"你在开玩笑吧！"威廉回答，"布伦达，是你想要这么做的！"

"或者让圣诞龙先走？你是一只恐龙哎——你不会惧怕任何东西的，对不对？"

然而圣诞龙显然抖得很厉害，连鬃毛都在叮当作响。

"好吧，好吧，还是我来！"布伦达暴躁地说。

她深吸一口气（每个正在看这本书的人估计也深吸了一口气）。

"一……

二……

三！"

布伦达自己数着，抬脚绕过了篱笆。

一片安静。

威廉没有动,

等着看布伦达是否成功了。

安静在蔓延。

圣诞龙不安地呜咽了一声。

"这儿什么人也没有！"布伦达终于出声了。紧接着她说，"哇噢！你们俩应该过来看看这个！"

威廉和圣诞龙对视一眼，耸耸肩——然后跟随布伦达的步伐迈向未知。

当他们转过拐角，他们发现自己身处于迷宫中央一个冰雪覆盖、闪闪发光的庭院里。布伦达正站在一个小小的冰冻喷水池边。白色的大理石盆形似一片大雪花，而在它中央的基座上，立着一个美妙绝伦的真人大小的雕像。

他们中没有人能准确地说出这个冰雕像是什么。她看不出年龄，看不出时间的痕迹，但她是无与伦比的。

她完全是透明的，几乎像不是由冰，而是由玻璃或是钻石雕刻而成的。而当月色笼罩住她，被折射成数千道月光，划破这个庭院的静止的空气。

她站在那里，一只手垂在身侧，另一只手温柔地举着一个小高脚杯，杯子完全是冰制的，有冰棱从中间流泻出来，落向她半透明的嘴唇，仿佛她正

在啜饮一口茶。

冰茶！

"哇！我从没见过一座像这样的冰雕。"威廉倒抽了一口气，欣赏着那些复杂精细的细节。每一根发丝都雕刻得恰如其分。这个看不出年龄的女人的雕像精美又独特，她的动作非常轻缓而且……

等等。

动作？！

威廉发出一声短促的尖叫。

圣诞龙一下跳到隐蔽物后面。

布伦达吓得一动也不敢动。

这座雕像是**活的**！

她轻轻地转过头，目光落在喷水池边上，威廉注意到那瓶绝对零度调配的药剂已经放在那儿了。

非常缓慢地，那尊活着的雕像滑下来，伸出手，在她的喷水池凝固的冰面上画了一个圈。随着她指尖的触碰，冰面遵循她的指令融化开来，露出了下面冰冷的液体。随后她拿起那瓶药剂，拔出木塞，将闪着微光的液体倒进那个冰洞里。下面的水

像在某些魔法化学实验中一样嗞嗞地响起来。等这股反应平息，她才将她的冰杯浸进那个洞里，装满蓝色的药水，拿到嘴边喝了下去。

当她吞下，可以看见那微微发光的液体点亮了她半透明的五官，又从她的喉咙流下，逐渐绘制出她身体里像是动脉和静脉的图谱。

突然，她的额头结了霜，原本冰冻的头发开始散发出淡淡的蓝色的光。

"威廉，发生什么了？"布伦达悄悄问道。她几乎不敢出声。

"我想……我想她是在冷冻她的大脑！"威廉用颤抖的声音说。

"你是说她——那个雕像——她是冬季女巫？"布伦达倒吸了一口气。

在听到她名字的那一刻，冬季女巫的目光锁定了布伦达，仿佛她的话唤醒了她内在的某些东西。

布伦达尖叫着向后退去，冬季女巫带着可怕的意图跨过冰冻的喷水池，向布伦达伸出她的冰手指。她每走一步，她脚下的雪就凝结成冰。在她行

进的过程中，不断有碎冰从她的身体上掉落下来，又像滴水的水管一样重新凝固成冰棱。

威廉不知所措！他该如何制止一个冰做的女巫？

"做点什么！"他恳求正在发抖的恐龙，后者正在他身后缩成一团。"你是一只恐龙！人会怕你，不可能你怕人！"

可是圣诞龙害怕到了极点，像是已经被冻在了那里。所以威廉只能做他唯一能做的。

"离我姐姐远点！"他以他最大的音量尖叫道。

"我觉得你应该说我是你的继姐？"布伦达大喊。

"布伦达，现在真不是说这个的时候！"威廉焦躁地说。

当冬季女巫逼近布伦达，禁地上空变得阴云密布，像是冬季女巫正在用她冰冷的意识制造一场暴风雪。

威廉无法只干看着。他用尽全力转动轮椅，冲

到布伦达身前，挡在冬季女巫前行的道路上。

"离——她——远点。"他重复道。这次声音小了很多。他的声音在发抖。

他很快后悔了。

冬季女巫停下了脚步，把她冰刻的头缓缓地转向了他……

第十一章

冬雪惊雷

　　冬季女巫立在威廉上方，用她冰冷锐利的目光凝视着他。这是威廉一生中最奇特的经历。这不仅仅是因为他正盯着一个完全用冰雕刻而成的强大的女巫那水晶一般的眼睛。不知怎的，他有一种奇特、怪异的感觉，他好像曾经看到过这双眼睛。

　　而且，从女巫思虑重重的表情来看，她也有同样的感觉。

　　他们头顶集聚的风暴突然降下一个惊雷，女巫

向威廉走去，随着她的移动掀起一团霜雪。那团霜雪旋转着升到空中，在庭院里制造出一阵不大但很有利的暴风雪。

"发生什么事了？"布伦达在狂暴的风雪里尖叫道。

"我不知道！"威廉回答。他已经完全看不见她了。此刻他正绝望地想往后退，躲开正在逼近的女巫。但是没用。蓝光一闪，她已经来到了他面前。她伸出一只冰冷的手，抓住了威廉的胳膊。那冰冷的触感瞬间席卷了他的全身，让他的皮肤凉透了。

"圣诞龙，帮帮我！" 威廉嘶吼道。

圣诞龙发出一声惊恐的嚎叫，然而威廉此刻什么也看不见。他的身周一片白色。他抬起头仔细看了看，只能勉强看到女巫抓住了他转动轮椅的把手，脸上显露出一种强烈的决心。她的一只手挥了挥，地上的雪就自行堆起来，形成了一道斜坡。

"等等！我们要去哪儿？"威廉问。他吓坏了。女巫正准备把他丢到结冰的水面上。"轮椅和冰面

不能一起使用！"

可是冬季女巫还在继续，仿佛没有听到他的话，或者听到了也并不在意。不管是哪一种，他们都正径直冲向喷水池。

暴风雪升级了。威廉不得不把手挡在眼睛前，以抵抗在他们身周席卷的刺骨寒风。

转瞬间，冬季女巫就推着威廉沿着斜坡来到了冰冻的水面上。她突然撒了手，让他在冰面上温和地滑行。威廉想推着自己回到池边，但起不了作用。他越努力，轮椅的轮胎就越打滑。

冬季女巫走到她在水池中央的位置上，垂首看着威廉。

"你要做什么？"他大叫，希望她能在呼啸的风雪中听到他的声音。然而，她依旧没有理他。

随后她闭上眼睛，抬起双手，将手指轻轻地抵在头两边。就在她的指尖触到她的太阳穴的那一刻，一切都停止了。

暴风雪变成了一道冻结的白墙，环绕着他们。

雪花悬在空中，仿佛被看不见的丝线吊着。

声音被吸走了。

这就和那天早上冻结花园的魔法一模一样。四周太安静了，威廉可以听到他的心跳声在他的耳鼓里轰鸣。

冬季女巫仿佛也冻住了。她以完美的姿态立在她的大理石基座上。如果威廉要逃走，那最好的时机就是现在！他伸手最后转了一把他轮椅的轮子——可是一个声音传进他的耳朵里，像一道惊雷炸响。

咔嚓！

这个声音是从他周边的冰面传来的。

"不好，"他喃喃自语道，"好吧，威利宝宝。不要……动……"

咔嚓咔嚓！

这一次他不仅听到了，还感觉到了。一股震动

穿过冰面，包围了他轮椅的金属框架。

他看向女巫，那是他唯一的希望。

"求求你，帮帮我！如果冰裂了我就要掉下去了！"他哭喊道。

冰冻的女巫突然睁开了她的眼睛。

它们变了。

它们不再像玻璃一样清澈，而是变成了刺眼的蓝色，似乎还在发光。

女巫站着，双臂平展，像站在跳水板边沿的跳水运动员，准备往下跳。

"**不！**"威廉尖叫道。可是没有用。

冬季女巫一跃而起，把双腿蜷缩在身体下面，成了一颗完美的炮弹。她投掷到冰面上，瞬间将威廉身下的冰撞成了不计其数的碎片。他们俩一起掉了下去……

威廉本能地闭上眼睛、屏住

呼吸，等着被冰冷的池水淹没。然而水并没有如期到来。他的胃在他掉落的时候猛地抽了一下：就好像他是从万丈悬崖坠落一样。

那个喷水池不可能有这么深。他暗自想道。

他睁开眼睛，发现自己已经不在那个庭院里了，但他很显然也没有掉进喷水池冰冷的水里。他掉进了一个全新的地方，四周都是厚重的冒着泡的云。蓝色的冰雪惊雷时不时闪现，让他看见这些云在他身边旋转流动。

通过云的缝隙，他听到了熟悉的声音：圣诞老人的、布伦达的、帕梅拉的、他爸爸的……

"救命！"他喊道。但他的声音在这个漫无边际的地方显得十分渺小。

威廉现在是头朝下的姿势。他在前方四处寻找冬季女巫，但她没在他目之所及的任何地方。他回过头，看见女巫又到了他身后，引导着他继续向前。

他们在起伏的云层中穿行。

冬季女巫目不斜视，推着他有目的地前行。不

170

论她正把威廉带去哪儿，
都像是有重要的东西要让
他看到。

　　威廉看到了一个暴风雪的
间隙，女巫正是朝那儿去。当
他们靠近那儿，云也都向这边
涌来。威廉感觉自己像是被裹
在一条厚厚的、冰冷的毯子
里。雪花扑在他的脸上，
风闯过他的头发。女巫还
在继续向前，用她的眼
睛的光照着道路。

　　暴风雪没有停歇。

越来越重。

越来越快。

越来越猛烈。

"让……它……**停下来！！！**"威廉尖叫道。之后，随着一个核桃碎裂般的声音，一切都停止了。

威廉从头到脚都埋在雪里，但至少他似乎正过来了。他试着移动，但他的轮椅好像卡住了。

"落地了！"他低声说道，意识到自己没再下坠了。

噗！ 他用一个拳头击穿雪堆，感受到了外面冷冽的空气。他能做到！

噗！ 他把自己的另一个拳头也冲了出去。

他摇晃抖动着身体，直到将埋住他的雪都抖

落，出现在他眼前的是蓟巷——一条昏暗的、空无一人的小巷，也就是我们在这本书的一开始看到威廉·特兰德尔的地方。

威廉来到了未来！

第十二章

回到序幕

正如你们应该已经猜到的，这就是在这本书一开始所在的那个地方。

威廉在这里看到了熙熙攘攘的未来城市街道，街上挤满了未来的商业人士，正在前往他们未来的工作岗位，未来的云霄飞车在拥挤的空中轨道上飞驰，所有这一切都被最高的摩星大楼顶端那个巨大的字母 P 所投下的阴影笼罩着。

威廉明白了这儿是伦敦，但不是他所认识的那

个伦敦。一张飞扬的报纸落在他脚边，他看到了上面的日期——这是伦敦的圣诞节，30年后的！

冬季女巫把他带到了这里。可是为什么呢？

他忽然听到秘密的吟唱人们在阴暗处唱歌，看到他们躲避从天而降的圣诞警，那些警察禁止他们吟唱圣诞颂歌。

然后威廉看到一位年迈的吟唱人违抗了圣诞禁令，他的圣诞毛衣发出了音乐，最终他被抓住扔进了警车后座——而且，你们已经知道了，那个男人是鲍勃·特兰德尔，威廉的爸爸！

威廉本没打算大叫"**爸爸！**"，但那声音自然就跑了出来，暴露了他隐藏在垃圾桶后的位置。威廉感觉他的意识分裂成了两半。

"威廉，快救你爸爸！"一半说。

"赶紧离开这儿！"另一半回复，"如果你也被关进监狱就什么忙也帮不上了！"

威廉喃喃道，"你们能先别吵吗？没时间了——等一下！"

他的两半意识给了他一点思索的空间。"我刚

刚穿越了时间！我只需要回去提醒爸爸关于未来的事，这件事就不会发生了！"他想到。

"带我回去，**马上！**"他对女巫尖叫道。后者正在阴影里看着这一切，没有反应，不带感情，仿佛已经看了不止一次。

就在圣诞警将威廉的藏身处包围的那一刻，冬季女巫扬起了一阵暴风雪。他周围的所有东西、所有人又一次冻结了，他发现自己看着这个场景，就像是看着一个水晶球。这静止的画面只持续了一秒，很快伴随着时间旅行的狂乱风暴又掀起来，把他们拉回了时间的旋涡。

在他们下坠，或者飞行，或者不管是以什么方式穿行的过程中，威廉看见未来的伦敦消散在一个暴风雪的空隙里。几秒之后，云层打开了另一个空隙，在冬雪惊雷的强光的映照下，威廉看到一个让他惊诧不已的东西。

他自己！

那是去年，他给圣诞老人寄信的那一天。他爸爸正帮助他把信投进邮筒里的场景，就在他眼前！

呼——！

他们被吸走了，冬季女巫继续前行，这次云层在他们的左边分开，在另一道蓝色亮光下，威廉看到圣诞龙一口吞下了邪恶的猎人，这个猎人在去年圣诞节期间一直追着他们。

嗖——·

那个瞬间又消失了，他们落向在上方打开的另一个空隙，然后是另一个下方的，直至四面八方都是暴雨云的裂缝，将威廉过去的景象和声音传来。

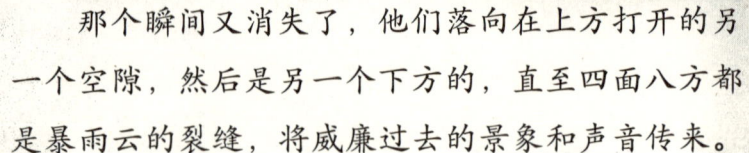

他瞥见了去年圣诞节他爸爸和帕梅拉跳舞。

威廉和圣诞龙逃出博物馆……

甚至是圣诞龙在北极从他冰冻的蛋里孵出来！

这些瞬间依次闪现，但无法触碰。威廉试图抓住它们，但环绕着他们的疾风越来越大。他回过头看向冬季女巫，看见她一只手紧紧地抓着他的轮椅，另一只手则在揉着她冰冷的头，仿佛正在忍受疼痛。

时间之云从下面隆起一个波峰，使得威廉的轮椅像是浪尖上的小船。

"哇啊！"

随着大浪起伏他大喊出声，他的胃在胸腔里抽动。

随后，从侧面袭来的一股强风让他们措手不及，他们一起打了个旋。

"发生……什么事了……？"威廉紧张不已，拼命在风暴中稳住身子。他回头看向冬季女巫，随即倒抽了一口凉气。

在他身后，女巫眼睛里的蓝色光亮正在消退。是她大脑冷冻魔法的效力要消失了吗？

"别消失！别消失！"他乞求道。然而风暴太过猛烈，即使是对冬季女巫而言。

当下一个云浪袭来，威廉看到了他一直惧怕的事情：冬季女巫的手松开了。她的冰手指从他轮椅的恐龙把手上滑了下去，他掉进了旋涡里。

"救——命——啊！"

他尖叫道。然而暴风雪中再没有别人，只剩他自己。他无助地下坠，完全不知道自己会落在哪里，又是什么时候！

突然间，威廉看到一个云层的间隙。一种冷光在其中闪耀着，看上去像一个又大又空的房间。他用尽全身力气，拼命将轮子转向那个时间的缺口。雪花绕着他打转，像是在遵循他的指令。他向着那个方向飞驰，越来越近，然后……

轰！

威廉落在了一个长长的、空旷的走道里。

他抖掉暴风雪落在他身上的雪，朝四周看了看。"有人吗？"他喊道。他的声音在浅绿色的墙之间回荡。

"拜托小点声——现在是半夜！"一个穿着浅蓝制服的女人推着餐车从他身边经过，压低声音说道。

"抱歉，"威廉用他轻声能达到的最大音量说，"我这是在哪里？"

女人停住了脚步，皱起眉头，看起来很担心。"你在圣菲尔德医院，亲爱的。我是瑞塔护士。你走丢了吗？"

威廉不确定他该怎么说。他总不能说：是的，我本来在北极拜访圣诞老人和我的恐龙朋友，但一个冰雕的女巫把我绑架了，她带着我穿越了时间。

"我的威利宝宝！"一个声音从医院走道的远端传出来。

威廉的心漏跳了一拍。是他爸爸的声音——爸爸会告诉他接下来该怎么做的！

“我没事。那是我爸爸！”威廉对那个担忧的护士说。

“你确定？”瑞塔护士问。

“相信我。除非这个医院里还有别的人叫‘威利宝宝’？”威廉笑了。

“那好吧，直接去你爸爸那儿。孩子，今后记得音量小点，你知道的，这儿可是产科病房！”

威廉点点头，朝他爸爸的声音传来的方向走去。他经过一扇又一扇紧闭的门，听到从里面间歇传出婴儿的哭泣声或者咕哝声。

当他走近，他又听到了他爸爸的声音，他感觉自己的焦虑消失了。无论如何，在经历了让人眩晕的疯狂的时间旅行后，他终于可以回家了！

只不过，为什么他爸爸会在医院里？

“威廉，”鲍勃说，“威廉·特兰德尔。”

威廉正准备推着他的轮椅走进房间应一声：我在这里，爸爸……

……但有人比他先出声了。

“你还要叫多少次他的名字呀？”一个女人在

房间里说。

威廉的速度慢下来，他停在了门外。谁在跟他爸爸说话？

他小心地从打开的门缝偷偷往里看，看到的情景让整个世界都停顿了。

他爸爸正抱着一个小婴儿在房间里踱步。威廉看到蓝色的襁褓里露出了一簇蜷曲的棕色头发。

"威廉·特兰德尔。"他爸爸又一次骄傲地轻轻叫唤道。

"我们的小威利宝宝。"那个女人的声音又传来，伴随着笑声，而当他爸爸从那个位置上挪开，威廉看到了躺在医院床上的她。

威廉看到了他的母亲。

她看起来筋疲力尽，但她仍是他见过的最美丽的女人。

一双冰冷的手突然抱住他，将他从那个时刻拉走。

"不！"威廉大叫道，"让我看看她！让我留下来！"

　　然而冬季女巫把他从过去拉了回来，那个时刻
又一次消散在风暴的密云中。她紧紧地抓着威廉。
他们的速度更快了。威廉闭上眼睛，一滴泪水滑落
下来，很快在冰冷的空气中结成了冰。

　　他一直梦想着再见他妈妈一面，一直想象着他
会说什么、做什么。

　　没有任何预警地，他们从飞旋的暴风雪中陷
落，回到了禁地中冰冻的庭院里。大雪在他们周围

停歇下来，威廉的轮椅靠在了雪花形状的喷水池的底部。

"小威廉，去了什么有趣的地方吗？"圣诞老人洪亮的声音响起。

威廉转过头，他的牙齿还在因为寒冷打颤。他抬头看见布伦达和圣诞龙正站在圣诞老人旁边，焦急地看着他。

如果是其他时候，威廉会为违反规定和让圣诞老人失望而感到内疚——但此刻，他脑子里全是他妈妈的影像。

"威廉？你还好吗？"布伦达问，"你的脸色看起来很苍白！"

"亲爱的孩子，你看起来就好像见到了鬼。"圣诞老人把手搭在威廉的肩上，温柔地说。

"我想……也许我是见到了鬼。"威廉说。

第十三章

下一站

　　"我听到我爸爸的声音，他在叫我的名字。一开始我以为他叫的是我，但当我到了那儿我才发现他其实不是在叫我。好吧，不是这个我。他在对小时候的我说话，很小的我……婴儿那个我！我想那一定是我刚出生那一天！"

　　威廉试着向圣诞老人、布伦达和圣诞龙解释发生了什么，他们都很难跟上他的描述。

　　"就在那时我发现她正躺在病床上，我

妈妈！"

"可是你怎么知道那是她？"布伦达说，"你妈妈不是在你很小的时候就去世了吗？"

"是，但我再见到她的那一刻就知道是她。她和爸爸照片里的一模一样。"

"你确定你不是在做梦吗？或许你在女巫抓走你时撞到了头？"布伦达给出另一个思路。

冬季女巫！威廉差点把她忘了。他转过去看向月光映照的喷水池，看见女巫又回到了她原本的样子，她站在喷水池的中央，高脚杯举在嘴边，像是在优雅地喝茶。

"抓走你？"圣诞老人问。

威廉点点头。

圣诞老人歪着头看向女巫。

"怎么了？"布伦达问。

圣诞老人转向威廉，深深地凝视着他的眼睛，露出一种大脑正在飞速运转着思考某件事的表情，仿佛他们正处在解开一个谜题的关键点上。

"我以前从没听说冬季女巫有这么做过。"他语

速缓慢地解释道，"她如果要带谁穿越时间并不需要触碰到他。她有很强的能量，只需要用意念就能让人穿越几天、几个月、几年。威廉，我真的不知道她为什么要抓走你。"

布伦达皱起了眉头，圣诞龙也困扰地呜咽了一声。然而威廉的思绪已经跑到了更远的地方。

"圣诞老人，你觉得我还能再见到她吗？我是说我妈妈。哪怕只有一秒都好呢？"他问。尽管他觉得自己已经知道答案了。

圣诞老人将温暖的手掌落在威廉的肩上，但他的语气依然低沉严肃："威廉，我亲爱的小朋友。"他充满善意地说，"时间就像雪花一样复杂又脆弱。如果你不小心地处理，雪花就会融化，它美丽的结构就会消失。不管你想不想，时间都不是我们能随意踏入的。"

"可我保证我不会触碰任何东西，我甚至都不会对她说话。我就只是看看她！"威廉不顾一切地说道。

"威廉，冻结时间能永远地改变一个人！你看

看冬季女巫。"

"你的意思是，她曾经是……一个人？"布伦达难以置信地说。

"我相信是的，不过是一个对时间干预了太多的人，因此她被冻结在时间里，活在每一分每一秒。"

威廉的肩膀失望地塌了下去，圣诞老人叹了一口气。"我很抱歉，威廉，但如果你不小心改变了过去的一些事情——即使是很小的事情——就可能对未来造成灾难性的影响。"

未来

这个词就像一个警报在威廉的脑海里拉响。

"我差点忘了！女巫也带我去了那儿！"他大喊道。

"哪儿？"布伦达问。

"未来！有些事情我得告诉你，圣诞老人。和圣诞节有关！"威廉说。

"绝对不要！"圣诞老人声如洪钟地说，他的音量把周围树上的雪都震了下来。

　　威廉盯着他，"可是，圣诞老人那是——"

　　"我不听！"圣诞老人打断他。

　　"是关于圣诞节的。"威廉还在试图讲给他听，但圣诞老人用手捂住了耳朵。

　　"我不想听到关于未来的任何一个字，威廉！"他喊道，"任何人都不

该！那还没有发生。"

"那会发生的，无论如何，而且我已经看到了。"威廉说。

"所以你现在会认为它一定会按那样发生，这就会让它更可能成为现实。"圣诞老人告诉他。

"哈？"布伦达的脸皱成一团，她完全糊涂了。

"如果有人告诉了你一本书将如何结尾，你最后会发现它的结尾和你预料的一模一样。然而，在你被告知结局之前，这本书有一百万种可能性，它的结局是等你自己去发现的。如果你告诉我们你看到了什么，威廉，那我们极有可能会让那样的未来发生，因为我们知道它会发生。"圣诞老人解释道。

"可是，圣诞老人，如果我知道未来会发生一些很不好的事情呢？我应该为此做些什么吗？"威廉问。

"威廉，未来总有可能发生坏的事情。唯一有用的方式是现在就做些事情以不让它们成真。当下才是我们需要关注的。你觉得它们为什么被称为圣

诞礼物（当下）①？它们不叫圣诞未来或者圣诞过去，不是吗？"

威廉和布伦达陷入了沉思，试图理解这段话。

"现在，我提议我们还是回到当下，好吗？绝对零度为冬季女巫多制了一杯药剂，好让她使余下世界的时间再冻结一小段时间，让你们能在北极多待一会儿。现在她把她用在了这段——呃，这段预料之外的和你的时间旅行上，威廉，我不确定你们家那边还能冻结多久。所以，我们赶紧吧！请系上丝带，把这段小插曲留给你们自己。人有一种可怕的倾向性，总是对过去和未来怀着极强好奇心，但这其实没有任何用处，只会带来麻烦。"

"可是我在未来看到的事情——它对我爸爸也有影响。"威廉解释道。

"威廉，那你就更应该把它留在你自己心里！"圣诞老人说完，领着他和布伦达出了庭院。

在他们离开时，威廉注意到圣诞老人带着研究

---

① 英文中"礼物"和"当下"是同一个单词 present。

192

的目光最后偷偷瞟了冬季女巫一眼，仿佛想弄明白些什么。之后他带着他们穿过迷宫，找到了在门廊等着他们的鲍勃和帕梅拉。

"你们俩去哪了？"帕梅拉插着双臂问道。

"你们看到什么其他和圣诞节有关的东西了吗？"鲍勃偷偷问他们。

威廉瞥了布伦达一眼。

"就一些其他的书。"她撒谎了。

突然间，一阵震耳欲聋的喇叭声在白雪压顶的温室上方炸响，把窗户都炸开了，孩子们不得不捂住他们的耳朵。

"我的天呐，大火炮，这也太大声了！"圣诞老人大喊，"啊，我恐怕这意味着我们的旅程真的要结束了。这是精灵们在告诉我，我得回雪地庄园去了——我得去核对'淘气名单'和'美好名单'了，第 87 次，只为了确保无误。"

"我们不能再待一小会儿吗？"鲍勃满怀希望地问。

"我想你们已经看了所有在这趟旅途中能看的

了——不过别担心，鲍勃。北极永远欢迎你——欢迎你们所有人！现在，让我们把你们送回家。去雪橇那儿吧！"圣诞老人宣布道。

"我完全忘了雪橇！"帕梅拉说。

"还有迷你精灵村！"鲍勃幸福地补充道。

"还有森林里发光的愿望！"帕梅拉说。

"还有在冰箱里制作神秘药剂的雪仙。"威廉说。

"还有绑架你去时间旅行的秘密的冰女巫……"布伦达对他耳语道。

"当然，还有会飞的蓝色恐龙！"他飞快地说，生怕有人听到布伦达的话。圣诞龙开心地跳了两下，发出一声愉悦的吼叫。

"这地方就是一片栗树林！"布伦达向空中挥了挥拳头。

他们跟随着圣诞老人回到开阔的雪原上，在那里，一位名叫雪空空的精灵正在为八只神奇的驯鹿进行最后的飞行前检查，他是负责北极空中交通控制的。圣诞龙兴高采烈地跳过去，自己把头套进挽

具里，准备好领头出发。

　　"都上雪橇吧。"圣诞老人说。一个斜坡板为威
廉放下，其他人都自己跳到了座位上。鲍勃和帕梅
拉挤在圣诞老人旁边，而布伦达和威廉再次坐在了
玩具区。

在整个返回伦敦的航程中，鲍勃、帕梅拉和布伦达都兴奋地聊着他们在北极之旅中看到的各种无与伦比的东西。威廉也参与其中，只不过，如果鲍勃不那么激动，他就会发现他儿子比平常要安静一点。威廉的思绪持续在跑回结冰的喷水池、明亮的蓝色眼睛，还有他掉落着穿越时间时轰响的冬雪惊雷……

"扑哧！"布伦达引起他的注意。

"什么？"他悄声道。

"你想好要向你的魔豆要什么了吗？"她问。

此刻之前，威廉完全已经忘了它。"还没有。"他说。

"咳！那豆子在你手上真是浪费了。我有一大堆好主意。"布伦达气恼地说，"我已经决定好我要什么了。"

"什么？"威廉问。

布伦达摇头，"我不告诉你！"

"为什么？"

"我不能！"

"布伦达，如果真是坏主意，那也许就是那棵树不愿意给你豆子的原因。"威廉说。

　　"不是坏主意！就是一个漏洞！"

　　"一个漏洞？"威廉脱口而出。

　　"嘘，保持低调！我想我不会违反太多规则……无论如何，这也不重要了。"布伦达说完，耸了耸肩。

　　威廉把手伸进口袋，摸到了他的魔豆，它正靠着他收养的毛茸茸的愿望。他把它拿出来，放在手心里。在他的脑海中，响起了圣诞老人的声音……任何你想要的礼物。

　　威廉想要的只有一件事。再次穿越时间回到过去，去见他的……

豆子忽然微微地在他手中晃动了一下，威廉有一种奇怪的感觉，觉得它正在聆听他的心声，试图听清他想要它变成什么。

　　他迅速地将豆子塞回口袋里。他要把它带回家，等到适当的时候再用，没有布伦达在身后盯着的时候。

　　余下的航程中他都往外凝视着地平线，回想着他在过去看到的一切，思索着以后是否还能再见。

第十四章

家才是真实的意义

圣诞龙飞驰到威廉家那幢摇摇晃晃的小房子上空。威廉一家人俯瞰着下方仍被冻结着的小镇。

所有的东西还和他们离开时一模一样。

鸟儿还静止在空中。

邻居们带着表情一动不动。

咆哮正朝着窗外无声地咆哮。

"喔，喔，抓紧啦！"在圣诞龙扭转身体朝着花园垂直俯冲下去时，圣诞老人在缰绳后面声音洪

亮地喊道，在他们即将嘭地栽在那一小片草坪上时及时地拉住了缰绳。

"好了，你们到了——回去过你们圣诞假期的第一天吧！"圣诞老人说。他们纷纷爬下雪橇，很难过这段旅程结束了。

"这是我这辈子最棒的一天！"鲍勃抽着鼻子说。帕梅拉递给他一张纸巾。

威廉走向圣诞龙，后者的冰鬃毛也忧伤地耷拉了下来。

"没关系的。再过几周就是圣诞节了——我们到时再见！"威廉轻抚着它冰凉的皮肤说，"你会走进来向我问好的，对吗？"

圣诞龙点了点头。它用鼻子依偎着威廉道别，嗓子里发出那种像小猫一样的呼噜声，然后回到了它在雪橇前面的位置上。

"平安夜见！记得照顾好你的圣诞魔豆，威廉。我很期待它会长成什么哦！"圣诞老人说。

圣诞老人顶了顶帽子，音乐声从他金色的留声机里响起，他驾驶着雪橇从白雪皑皑的花园里起

飞，冲向灰色的天空。

随着他飞远，他们听到了微弱的歌声，接着一股暖流淌过他们的身体，就像喝了一杯热巧克力，然后……

……好像……

……所有的一切都融化了。

世界重新活了过来。鸟儿展翅，雪花飘落，咆哮汪汪直叫，而威廉、布伦达、鲍勃和帕梅拉彼此对视，笑得像是拥有同一个秘密。

"嗯，这也算是开启圣诞假期的一种方式了！"帕梅拉说。

"12月剩下的日子要超越这一天恐怕很难了。"鲍勃说着，看向威廉。威廉把他的魔豆掏了出来，正盯着它发呆。

"你希望能有一个吗？"帕梅拉笑着问他。

"有一点。"在他们一起走进屋里时，鲍勃答道。

"我也想。"布伦达低声抱怨道，只有威廉听见了她说的，他把魔豆滑进了口袋。

当他们走进厨房，咆哮跳起来迎接他们。

"坐下，男孩！"布伦达大笑起来，"我知道，很抱歉我们没法带上你。"

一阵高昂的噪声忽然划破空气，那调子像是"We Wish You a Merry Christmas（祝你圣诞快乐）"。

"啊！新门铃干活了！"鲍勃咧着嘴说。

"我们有圣诞节专属门铃了？"布伦达问。

"今天早上装好的，在你们俩起床之前！"他解释道。

"我们整个12月都可以用它！"威廉补充说，"1月也可以再用一用。有时2月也不是不可以，如果爸爸实在不想把它取下来的话……"

"哇哦，我几乎要感到高兴了，一想到我正把它用在我……"布伦达顿住了，随着门铃再次响起，她的脸垮了下来。

"他已经来了

吗？"她说。

他们来到客厅，透过窗帘偷偷往外看——威廉所见到的让他的下巴都掉到了地上。

这是他见过的最长的一辆加长豪华轿车。

这一定是一个

超长拉伸版。

或者甚至是一个

超级

超长

拉伸版！

而且它不像威廉之前见过的那些豪华轿车一样是黑色的。这一辆是纯金色的！从发动机罩到后备箱都散发着富贵的金色光芒。它那如午夜的夜色一般黑的窗户映照着这栋歪歪斜斜的房子，使得它显得比原本愈发小、愈发破旧——这真是让人印象深刻，它本就够小够破旧了。

"那辆车比我们的房子都大！"威廉说。

"哦，是的，但我打赌它没有一个圣诞门铃。"帕梅拉回答。威廉看见她把手搭在鲍勃的肩膀上。

就在这时，那辆体形巨大的，超级超长拉伸的豪华轿车发出一声巨大的鸣笛"滴——"。那声音太响亮了，震得这座摇摇晃晃的房子咯咯作响。

"我想我们最好让他进来。"帕梅拉咬着她的嘴唇说。

"谁？"威廉。

"爸爸。"布伦达毫无感情地回答。

"等等……你是说，那是你爸爸的车？"

布伦达点点头，她脸红起来。"我一定要去吗？这里太有圣诞气氛了，而且我们刚刚度过了最有圣诞气氛的一天，而且——爸爸不像你这么喜欢圣诞节。"她说着，看向鲍勃。

威廉看见他爸爸通常笑嘻嘻的脸变得有些忧伤。他知道他爸爸有多喜欢大家在圣诞节聚在一起，他们的小房子里慢慢有了一家人的感觉。

"噢，布伦达，我希望你能留下来，但我们已经讨论过了，他是你爸爸，我肯定他也希望他的小女孩能回家过圣诞节。"鲍勃说。

布伦达发出了一声长长的、失望的叹息。

"我已经为你整理好了行李，布伦达。赶快去把它拿来吧，就在你的房间。"帕梅拉微笑地为她鼓劲，但威廉看出了她眼睛里的忧伤。

布伦达生着闷气离开了客厅。就连她的金色卷发都看起来有气无力的。

"我去开门。"鲍勃轻呼一口气，说。

"现在，威廉，你去厨房等着。"帕梅拉下指令道。

"可我不能等布伦达——"

"去厨房,威利宝宝!"她坚决地说。

她从没有这么不耐烦地对威廉说过话,他看见她的脸很快因为懊恼红了起来。

"没事的,威廉。不会很久的。"鲍勃点点头,说。

威廉按他说的做了,但他没有把厨房门完全关上,留下了一道刚好让他看见前门的缝隙。他可不愿意错过这一下。

鲍勃走向前门,拉直他的圣诞毛衣,吸一口气,然后拉开了门。

"啊,你一定是——"

没等他说完,布伦达的爸爸就径直闯进了门厅,甚至没看鲍勃一眼。他穿着一套莫名眼熟的细条纹西服和一双崭新的、擦得锃亮的鞋子,正大声讲着电话,像是在和谁争吵。

"你知道我是谁吗?如果整批货都有问题,我才不关心什么脚趾甲!这是孩子的问题,不是我的。只管把玩具摆上架,然后卖掉!卖掉!卖

掉！"他大声嚷嚷道。

他大步走进客厅。"布伦达！该走了！"他挂掉电话，大喊道，"帕梅拉，这是你吗？我的天，你看起来真憔悴。我差点没认出你来。真让人惊讶一个人可以在一年里老这么多。"

威廉看见鲍勃皱了皱眉，犹豫了一下，然后跟着佩恩先生走进客厅，关上了他身后的门。威廉快速地走到厨房的墙边，把耳朵贴上去，企图偷听墙那边的对话。

"谢谢。你看起来也一样。"帕梅拉尽力保持着冷静说。

"哈，谁说钱买不到容貌，啊？"佩恩先生大笑起来，听起来像一只鸭子在叫。

"这位是鲍勃·特兰德尔。鲍勃，这是巴瑞。"帕梅拉说。

巴瑞。所以这是布伦达爸爸的名字，巴瑞·佩恩。威廉想。

"很高兴见到你。"鲍勃有礼貌地说，"我很高兴我们的道路终于有了交叉点。布伦达是一个很棒

的孩子——"

"哦，你们一会儿是准备去化装舞会吗，鲍勃？"巴瑞打断他道。

"抱歉？"

"你穿着的这件圣诞针织衫真是糟糕透了。你一定是打算去参加什么圣诞舞会吧，那种……最差着装评比之类的？"

"哦，我的毛衣！事实上这一直是我最喜欢的一件。"鲍勃骄傲地说。接着威廉就听到了微弱的"铃儿响叮当"的音乐声，那是从他爸爸的新毛衣内置的音效系统传出来的。

突然，爆发了另一阵鸭叫般的可怕笑声。

"噗——哈

哈——哈！……

噢！"

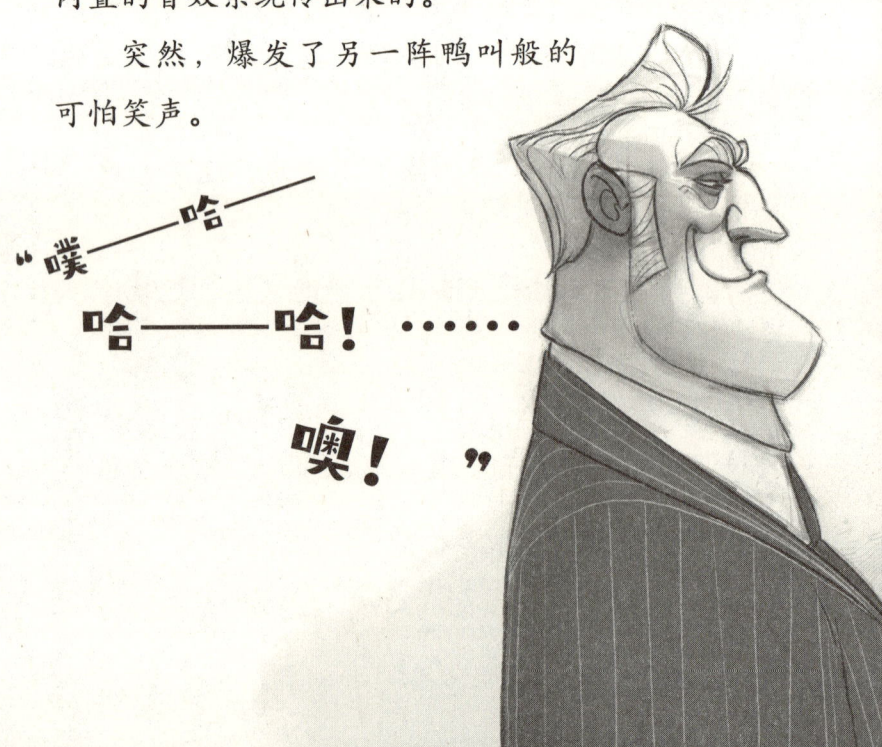

巴瑞停下他的笑声。"你真的是因为喜欢才穿着它？我感觉到你在扯我的裤腿。帕梅拉，你不会真的在跟这种从 11 月开始就把圣诞树竖起来的圣诞狂热分子约会吧？"

　　"巴瑞，拜托……"帕梅拉说。

　　威廉明白了布伦达为什么不想和这家伙一起过圣诞节！

　　"蠢人才过圣诞节。"巴瑞讽刺地说，"如果我有办法了，我要把这些东西都取消。"

　　"这真是让人惊讶，尤其是考虑到你的职业。"鲍勃说。威廉能听出他爸爸这话是从牙缝里挤出来的。

"哦，所以你还是个专家，可以指导我做生意吗？"

"我好了！"布伦达在走廊里喊道——十分及时，威廉想。他回到厨房门后，透过缝隙往走廊里偷看。鲍勃从客厅里出来了，他显得有些激动，脸都涨红了，帕梅拉跟在后面，轻轻地抚着他的背安慰他。

"你好，爸爸。"布伦达说。她走上前，准备给他今年的第一个拥抱，看上去有些紧张。

"哦，等一下，我有电话来了。"巴瑞说。他一边往口袋里找手机，一边从布伦达身边走了过去。"什么？"他暴躁地说，"我告诉你，我不在乎什么见鬼的质量，只要它今天上架！"

布伦达的胳膊垂了下来，她对着威廉翻了个白眼。

"走吧，布伦达。"巴瑞说，"我难以想象你能在房子里多待一秒。这也太小了，还……摇摇晃晃的。"

"好的，爸爸。哦，等一下！我去跟威廉说声再见。"布伦达说着，穿过鲍勃和帕梅拉，走进了

厨房。

"你还好吗？"威廉问。

"我会很好的。希望你度过一个愉快的圣诞……弟弟！"布伦达挤出一个笑容，张开双臂准备拥抱他。

威廉大笑起来。

"怎么？"布伦达问。

"我们什么时候开始拥抱彼此了？"

"从你可以待在这儿而我要去世界上最不可能被魔法光顾的地方过圣诞节开始。快来！"她说。

威廉笑了。布伦达靠过去，紧紧地抱了他一下，然后拽着他的脚把他拖过走廊，来到了房门前。

威廉跟着她，然后第一次完整地看到了布伦达的爸爸，他刚把几缕抹了发油的头发弄服帖，并正了正领带。

"啊哈，这是你的孩子，对吧？"巴瑞盯着威廉说。

"是的，这是威廉。"鲍勃自豪地说。

211

　　　　"你
　　　　　　好
　　　　　　　　呀！"　巴瑞大声而缓慢地说，像
是怕威廉听不见。

　　"巴瑞！"帕梅拉不满地低声喊他。

　　"怎么？"他回击道。

　　"没关系。很高兴见到你——"

　　威廉没说完，他顿住了。

P 先生。

　　之前他大脑里的齿轮转得不够快，没有让他意识到，但现在已经很明显了。他的意识回到他们在北极的电视里看到的那个可怕的广告上。

　　一道笑容绽放在佩恩先生的脸上。"啊哈，你认出我来了，你在电视上见过我，是不是，小孩！见到明星有点突然吧？之前从没见过什么名人吧，我猜？我总是遇到这样的情形。听着，你不用等着那个蠢胖子从烟囱下来送你圣诞礼物。随便去我哪家成功的玩具店看看，我们会照顾你的。家属折扣。噗哈哈哈哈！我们也算家属！"

他打着响指往门外走去，自顾自地嘎嘎大笑。

一位神情疲惫的司机从豪华轿车的驾驶座跳出来，拿着一把雨伞碎步跑来，没让哪怕一片雪花沾到 P 先生的西服。他走向汽车后座，留下布伦达自己拖着她的箱子。

"布伦达，你爸爸就是那些可怕的广告里的那个家伙？'谁还需要圣诞老人'那些？"威廉缓缓说道。

"我知道的。我就是不知该怎么告诉你。对不起。"她轻声说。

"佩恩小姐，您的父亲让您马上上车。"司机从豪华轿车里喊道。

帕梅拉弯下腰给了布伦达一个拥抱，一个紧紧的妈妈的拥抱。"记得每天给我打电话，亲爱的。"她说，"你很快就会回来的。"

布伦达点点头。在她提起沉重的脚之前，鲍勃拿出一样他一直藏在背后的东西，是厨房里那个雪花水晶球。

"带着这个吧，来自家里的思念。"他微笑

着说。

布伦达看着水晶球里那座手工雕刻的舒适的小木屋，一边回报以微笑，一边把它收进了她的背包里。等她爬进豪华轿车，鲍勃环着帕梅拉挥手道：

"圣诞快——"

他的声音被轰鸣的引擎声截断了，金色的豪华轿车呼啸而去，他们看着写着"P先生"的车牌消失在远处。

布伦达走了。

第十五章

布伦达想要什么

巴瑞·佩恩的新顶层公寓有一个学校那么大。它是城里最高的公寓大楼——斯旺基大厦最高层、最豪华的住所。

佩恩先生一位战战兢兢的员工打开门，布伦达拖着自己的行李走了进去，看向四周。从门厅里，她能看到一个冷冰冰的客厅、一个游泳池、一个跳水池、一个盐浴池、一个高尔夫模拟器、一个室内高尔夫轻击区，以及一个图书馆，里面全是书名诸

如《初学者如何挣钱》《富有即快乐》《有钱才是好爸爸》之类的书。白色大花瓶装着看起来很贵的花摆满了每一个角落。一盏吊灯悬挂在高高的天花板上，全景玻璃窗被厚厚的灰色百叶窗所覆盖。

如果是一年前，我会觉得这地方棒极了。布伦达心想。但此刻她在忧伤地想着她早上醒来时所在的那幢摇摇晃晃的小房子。

"这是你现在住的地方吗？"她问她爸爸。

"这个破旧的跃层公寓？只是暂时的！暂时的！"他不屑一顾地挥着手说，"这只是一个临时住所 ①，我正在翻修庄园。"

"临时什么？"布伦达问。

"临时住所！"巴瑞一字一顿地说，好像她是个白痴一样，"所有的有钱人都有。它的意思是……嗯……它的意思就是……"

布伦达看着他，等着他说出个所以然。

"它的意思是我很有钱。足够再买一套房子，

---

① 原文为 pied-à-terre，是一个十分拗口的词。

对！"他嘲讽地说道。

布伦达还是不习惯从她爸爸嘴里说出什么"临时住所"和"翻修庄园"这类的话。自从几年前他的玩具生意开始飙升，他就变了，从善良变得自私，从善解人意变得无礼。

金钱改变了巴瑞·佩恩，却没有把他变得更好。

钱就是这样的：一旦有些人拥有了它，就只会想要得更多。

在巴瑞走在他的公寓里向布伦达炫耀时，他的员工帮他脱下西装外套、解下领带、换上拖鞋、戴上阅读眼镜，把一杯浓缩咖啡递到他的一只手里，再把一张报纸递到另一只手里。在这一整套流程中，他连眼皮都没有眨一下。

"漂亮吧，啊？一定比你住的那个老鼠出没的地方好一百倍！现在我猜你一定饿了。"巴瑞说着，啜了一口他的黑咖啡，坐到了一张布伦达见过的看起来最不舒服的扶手椅上。

布伦达想不顾一切地尖叫：那座房子里没有老

217

鼠,而且比这个鬼地方好多了!但事实是她确实饿了——她吃的上一顿东西还是在北极的厨房里!而且,她觉得,对她爸爸大喊大叫也没法让她回去。

于是她说:"饿极了!"

巴瑞打了个响指,声音在这所巨大的房子里回响。

"是——是的,先生?"一位穿着黑色连衣裙、系着白色围裙的年长的女士气喘吁吁地说,她很明

显是跑过来，以尽可能快地回应他的响指。

"巴特斯比夫人，我的孩子饿了。"巴瑞说道，甚至眼睛都没从报纸上抬起来。

巴特斯比夫人没动，显然在等着一个具体的指令。

"你是忘戴助听器了吗？别傻站在那儿，巴特斯比夫人。给这姑娘拿点吃的！"巴瑞吼道。

"噢！好的，马上，先生。对不起，先生！"

巴特斯比夫人说。她恢复了行动能力，紧张地小碎步跑向厨房。

"事实上，爸爸，我也可以自己去看看你冰箱里有什么。"布伦达随意地说。

"是的，是的，去吧。注意别碰那些昂贵的东西……基本就是什么也别碰！"巴瑞说。他几乎懒得分给她一分注意力，只专注地看着《金融时代》。

布伦达跟着巴特斯比夫人来到厨房。这里面锃光发亮，所有东西的表面都是抛光的大理石面的。

"亲爱的，你想要吃点什么？"巴特斯比夫人透过她厚厚的眼镜看着布伦达问。

"我想要一杯水和一片烤面包。可以吗？"

巴特斯比夫人似乎松了口气。"你自己随意吧，亲爱的！杯子在那儿，这边的柜子里有面包。这些就够了吗？我还有一大堆佩恩先生的内裤要烫。"她解释道。

"够了，谢谢你。"布伦达回答。于是巴特斯比夫人就离开了这个房间，在出门时还飞快地把门把手擦了一下。

巴特斯比夫人刚一离开，布伦达就把手伸进她的口袋，掏出了……

一颗红白条纹的豆子。

威廉的魔豆！

她的心剧烈地跳起来。在她所有做过的淘气事中，趁着抱住威廉说再见时从他的口袋里把这颗豆子顺出来是最坏的一件！

她原本没有确切的计划要拿走它，可当她紧紧抱住威廉时，它像是故意不小心跳了出来，落在她偷偷张开的手里……一起的还有圣诞老人写给他的使用指南。

威廉只会浪费它。她说服自己。而她有明确的想法要用它做什么。而且，他的口袋里还有一只愿望。只要他不继续多愁善感，他想要什么也可以通过愿望得到。

首要的事。一路坐在豪华轿车里时，这颗豆子一直待在她的口袋里，现在她得把它放到冰冻柜

里去。

她在她的口袋里摸索一番，找出了那份和魔豆一起得到的小小的使用指南卡。

那上面写着：

1. 不要把豆子吃了！

2. 不和你开玩笑，舔一下也不可以！

3. 告诉这颗豆子你圣诞节想要什么。

4. 把豆子放在冷冻柜里。

5. 每天对它唱一次圣诞歌。

6. 等着你的礼物长出来！

布伦达笑了。她想着她的计划——那个漏洞——然后她回头瞥了一眼，担心巴特斯比太太会随时回来。她冲向冰冻柜，打开门，拉开一个大抽屉。她把一些盒子推到一边，在后面的角落里腾出一个空间，把豆子放在那儿不会被看见。

她深吸一口气，准备悄悄说出她圣诞节想要什么，可就在这时一个别的东西突然跳进她的脑海，

一个她完全没有预料到的东西——威廉。

他看起来很伤心，好像刚刚哭过，她意识到这是当他触到空空的口袋，发现圣诞老人给他的圣诞豆不见了的时候可能出现的样子。

然后她妈妈会怎么说呢？"又是你这些老把戏！"帕梅拉的声音在她脑海中响起。

还有鲍勃？亲切的、善良的、自带圣诞氛围的鲍勃？他会是他们之中最失望的那个吧……

当她凝视着豆子上发光的红条纹时，忽然看到了映在它光亮的表面上的自己。她的心怦怦直跳起来，也正在凝视着她的不是她想成为的布伦达，而是过去的布伦达，那个总是惹麻烦的布伦达，"淘气名单"上的布伦达。

她不想再做回那个布伦达了。

"我不能这么做。"她喃喃自语，"这样不对。"她对自己承诺，不管怎样，她要把这颗豆子还给威廉。

她小心翼翼地把抽屉滑回去，不让它发出一点声响，然后迅速关上冷冻柜的门——然而，当柜门

223

合上后，那上面映照出一个恐怖的景象……

她爸爸的脸！

"你在这做什么？"他狞笑着说。

"**爸爸！**"她倒吸了一口气，把豆子藏在背后。

"你在干坏事。"

"我没有，真的！"布伦达摇着头说。

巴瑞笑了，露出他雪白的牙齿，随后他又打了个响指。一个黑色的电视屏幕突然从墙上冒了出来。它正播放着一个隐藏的安全摄像头拍摄的厨房录像。布伦达看见巴特斯比夫人走进来，接着是她。一会儿后，她看见自己把手伸进口袋里拿圣诞豆，然后……

咔嗒！

他爸爸的手指暂停了录像。

"还要继续对我撒谎吗？"

游戏早就结束了。他一直在看着她！

"别跟大王耍小把戏，小鬼！"巴瑞说着，摊开手掌，"你藏着什么？"

布伦达声如蚊吟地回答："就……就是个礼物。"

"礼物？什么礼物需要你放在冷冻柜里？"巴瑞大笑着看着布伦达不情愿地将魔豆交了出来。

它在他精心修剪过的指尖散发着神奇的光芒，如一颗珠宝一般。

"我想你最好解释一下这是什么，年轻的小姐。"他一边研究着魔豆一边说，"你是从谁那里偷来的吗？"

"**不是！**"布伦达撒谎道。

"那就告诉我这是什么，否则我就直接把它扔进垃圾桶。"巴瑞不耐烦地说。他拉开一个金属门板，把豆子悬在上面。"你要记得斯旺基大厦有50层高，布伦达。无论这东西是什么，从这儿掉下去它都会摔成一团泥！"

"**好吧，好吧！**"布伦达尖叫道。

她深吸一口气。"我知道这听起来很疯狂，但这是一颗从神奇的北极得来的圣诞魔豆，是从一棵有魔法的圣诞树上结出来的，如果你有真的非常想要的东西，你可以向它许愿，然后只要你把它种在足够冰冷的地方，它就会长出你想要的东西。"

巴瑞眨了眨眼睛。"魔豆？你是在特兰德尔笨蛋家住太久了吧！"

布伦达就只是看着他。巴瑞也盯着她。

"布伦达，你是把我当傻瓜吗？"他耐心尽失地说，"没有什么魔法，北极就只有一堆没什么意义的雪。现在告诉我事实，不然我晚餐就把这颗豆子烤了吃！"

"不！你不能吃了它！"布伦达惊叫道。她跳上前，把那张使用指南卡挥到了她爸爸脸上。

"这是什么见鬼的东西？"他从她手里抽过卡片，看了一眼，试图理解其中的意思。

"你说你是从哪里得到的这个？"他缓缓地问。

"北极。"布伦达又说了一次。"我没撒谎，爸爸。真的。"

巴瑞·佩恩也许在她的生活中缺席了很多年——但他还是了解他女儿的。

"你是认真的，对吗？"他盯着她，眯起了眼睛，"如果我的亲骨肉在说谎，我能看得出来。而你说的——"他顿了一下，看向他指尖的豆子——"是真的？"

布伦达点了点头。

"可是——可是这件蠢事的意义是什么？等着礼物从冰冻柜里长出来？这就和等着圣诞老人从该死的烟囱里下来一样糟糕！不管你想向这颗豆子要什么，我都可以让我的员工马上从玩具店给你拿一个来。以家属折扣，当然！"巴瑞挤了下眼睛。

"我不是想要一个玩具！"布伦达飞快地说。她原本没打算说出来的，但它就这么脱口而出了。

"哦，那你想要什么？"巴瑞问。

"噢，不是什么重要东西。就是……"

她父亲凝视着她。

她无路可逃。布伦达不知道该怎么办。她很累、很怕，没办法正常思考……

于是她告诉了他。

"我说了，这颗豆子是从一棵有魔力的圣诞树上结出来的。"她叹了口气。

"所以呢？"

"当你告诉那棵树你想要什么，它就会生出这些豆子，然后你需要把它们埋进雪里。"

"雪里？"

"是的，或者是冰冻柜里，只要是足够冷的地方。"

"然后？"

"然后豆子会在冰雪里生根，等时机成熟它们就结出玩具，或者随便你。圣诞老人在圣诞节分发

的礼物就是这么来的。"布伦达解释道。

巴瑞张着嘴，像一条鱼。"所以你要什么都可以？"

布伦达点点头。

"这颗豆子就会长给你？"

"如果你在'美好名单'上的话。"

"你在吗？"巴瑞问。

"我在什么？"布伦达假装没听懂这个问题。

"你在'美好名单'上吗？"巴瑞咬着他整齐的牙齿重复了一遍。

布伦达点点头。

"那你会向它要什么就很明显了。"

"是吗？"

"显然是**更多的豆子！**在你能获得更多的愿望的时候为什么要只给自己一个愿望？这就是书里的最老的陷阱！"巴瑞露出贪婪的笑容。

"不行。你不能要求一颗豆子长出更多的豆子。这行不通。你得要……"布伦达顿住了。

"要什么？"巴瑞倾过身子，施压道。

她说得太多了。

那个漏洞。

能得到更多豆子的方法。

"我在等着呢。你打算要什么？"巴瑞不耐烦地说。

"你得要一棵属于自己的魔法圣诞树……"布伦达说，她努力地不让自己哭出来，"就像圣诞老人的那棵一样。"

"和结出这颗豆子的那棵一样？"巴瑞反应过来了。布伦达点点头，眼泪开始顺着她的脸颊狂掉。

巴瑞·佩恩脑子里的齿轮不情愿地转动起来。他非常艰难地思考起来——但最终还是想明白了。

"这才是我的好姑娘！"他大喊起来，贪婪地盯着他手中发光的豆子，"那我就只要对它说出来就可以了？"

布伦达缓缓地、伤心地点了点头。

巴瑞把豆子举到他面前，清了清嗓子。

"听着，豆子，好好听着。"他吼道。

"**不行，爸爸，别这么做**。你不在——"

"闭嘴，布伦达。你现在不是住在特兰德尔家。这是我的房子，你得按我的规矩来，这个屋檐下的一切都是属于我的。"他咆哮道。

巴瑞用力地盯着那颗鸡蛋大的豆子，眯起了他的眼睛。

"我想要她说的那种树，会结出你这种豆子的那种。一棵大点的树。很大的。不，**巨大的，**要能结出史上最多的魔豆的！"他的声音在不锈钢的厨房里回荡。

布伦达无法阻拦他，尽管巴瑞不可能在"美好名单"上——所以豆子不可能给他想要的……对吧？

突然，豆子上旋转的红纹动了起来，重新组成了一个像绑在圣诞礼物上的蝴蝶结的形状。

他的要求

被接受了。

"快，把这东西放回冷冻柜里！按那些要求都做一遍！"他命令道。他小心翼翼地把豆子递回给布伦达，像对待这个星球上最珍贵的东西一样。

布伦达颤着手将它埋在冷冻柜最里面的一团冰霜里。

在关上门时，她用自己才能听到的声音说了句："对不起，威廉。"

她无法想象如果这颗豆子真的长出什么东西会带来多大的麻烦。

她错了。

第十六章

越来越多的麻烦

一等冷冻柜的门关上，巴瑞就冲出了厨房，一路自己嘀咕着。布伦达跟着穿过走道来到他的办公室，只听到了少数几个词。

"长出……家里……你自己……忘记……圣诞老人……"他喋喋不休。

他的办公室是一个极大的房间，深木色装饰，闻起来像处在一个铅笔盒里。他拿出一个皮革记事本，开始写写画画。

"爸爸？"布伦达紧张地说，不怎么敢打搅他。

他突然停下来。

"我想到了！"他宣布。他猛地从他那装饰华丽的书桌后倾过身来，把记事本掉了个头，让布伦达看他写了什么。

"让你的礼物自己长出来！" 他得意洋洋地说，像在念什么魔法咒语。

布伦达眨眨眼睛。在那行字下面，他像是画了一个孩子正带着开心的笑容从冷冻柜里拖出一辆越野自行车。

"我——我不是很明白。"布伦达说，尽管这不完全是真话。她觉得她其实完全明白她爸爸想干什么，但她希望自己是错的。

"真遗憾你没能继承我的智商……让我来解释一下吧。"他一边卷起衬衣的袖子一边说，"首先，我们要利用那棵我们冷冻柜里的豆子长出的新魔法树"——他翻了一页他的记事本，露出一棵大致勾勒的圣诞树——"让它结出数千颗——不，数百万颗——新豆子，以供我们卖给全世界的孩子们。"

他又翻过一页，上面画着一颗小小的豆子被装在一个小条纹包装袋里，上面写着：

让你
的礼物
自己
长出来！

"什么？"布伦达倒吸了一口气。

"我知道——我就是个天才！让你的礼物自己长出来！你想要一辆自行车吗？那就向你的豆子要自行车！你的孩子想要新电视吗？把你的豆子种下去等它自己长出来！我们只要拿桶子运它们就行了，这是零制造成本。现在我们只需要等着你许愿的那棵新树长出来。谁说的钱不会从树上长出来！

噗——哈哈——哈！"他自顾自地嘎嘎大

笑，活像一个鸭子巫师。

"爸爸，我——"

"我知道你在想什么。"巴瑞打断她。

"你知道？"

"当然！你在想当那颗特别的豆子还属于你

235

时，我就计划着抢走这个点子了。哦，不要担心，你和我就像一个模子刻出来的，这门生意我已经预好了你的份。"巴瑞说。他对布伦达露出一个自以为魅力十足的笑容。

"不，爸爸！我想的完全不是这个！"布伦达辩驳道，"那颗豆子……好吧，它是很特别。我原本没打算要一样能给我带来更多礼物的东西。这不是圣诞节的意义。"

"让我来告诉你圣诞节的意义是什么，布伦达。圣诞节就是挣钱的好时机。就是这样。那些收音机里朗朗上口的小歌，那些电视里感人泪下的广告，那些关于家庭和信念的多愁善感的书籍……都是为了让你花钱！花钱！花钱！"

布伦达张开嘴打算说话，但巴瑞不依不饶。

"而你知道谁在圣诞节最不挣钱吗？"他问。

布伦达还来不及回答巴瑞就继续说道："我，布伦达！是我！你以为P先生的玩具店会在每年这个时候大赚一笔，但那个圣诞老人，他让这一季都结束了。我的商店今天是满的，架子上塞得满满

当当的！你猜我卖出去几件玩具？"他叫嚷道。

"一件也没有！一个娃娃也没有，甚至连娃娃的周边也没有，一样东西也没有。你知道为什么吗？因为人们来 P 先生的玩具店不是为了买玩具，而是为了决定他们要向圣诞老人要什么玩具。他们把所有的货品都看了一遍，然后空着手走了！全世界的玩具商店都只是圣诞小丑的三维商品目录。不过这一切即将改变，因为你！"他露着漂过的大白牙笑了。

"可是，爸爸，我不能——"布伦达又试着开始。

"你当然能。你是佩恩家的！你就不该在'美好名单'上。你太像你的父亲了！"巴瑞指着挂在壁炉上的一幅画说，画中的他骑着一匹黑色的高头大马。

"噢！"布伦达看着那幅糟糕的画，倒吸了一口凉气。

"这是我的肖像，布伦达。我专门找人画的。"巴瑞自豪地解释说，"有钱人都有自己的肖像，总有一天你也会有一幅的！就凭你这个豆子的小主意，你应该能有我一半那么成功！怎么样，合伙人？"

他伸出手，等着她来握手。她盯着那只手好一会儿。

"不！"她怒气冲冲地说，"我一点也不想这么做。冷冻柜里是我的礼物，我不会让你把它拖到你的生意里！"

"哦，我想已经有些晚了……"巴瑞摇摇头，谄媚的脸上露出一个失望的神情。

"你什么意思？"布伦达问。

"我恐怕在我的房子里长出来的东西就是我的财产。那颗豆子现在是属于我的。而且，由于它是你种在这儿的，等于你已经参与了。事实上，"他的脸上裂开一个让人讨厌的笑容，继续说道，"你应该对此负全责，布伦达。这全是你的主意！我很想知道你珍爱的圣诞老人知道你做了什么之后会怎么说。或许我们应该告诉他？"

布伦达盯着他，露出惊惧的神色。"不——求你别告诉任何人！"她悄声说，"如果圣诞老人发现——还有威廉……"

"哦，别担心，布伦达！我会保住你的小秘密的——只要你不挡我的路。现在，让我们再试一次。合伙人？"

他又一次伸出手来。

布伦达无能为力。她已经成了她爸爸的同伙——不管她是不是愿意的。她没有别的选择，只能握住了他的手。

"合伙人。"她哽咽着说。

第十七章

跳来跳去的叮当瓦特值

那天夜里，圣诞老人突然被北极的骚乱声惊醒。是精灵村里恐慌的精灵们发出的声响。四处是哭声和歌声，尖叫声和歌声，以及更夸张的精灵晕倒在雪地上的砰砰声……和更多歌声。还夹杂着一只恐龙的叫声，整个吵成一团！

"怎么回事？"圣诞老人声音低哑地说。他穿着红色的丝质睡衣从床上爬起来，披上睡袍，推开窗户。

当他往精灵村望去，他看见精灵们正疯狂地扔

着一个热土豆一样金色发光的物体，仿佛那东西被下了诅咒。而当精灵们把那个亮闪闪的东西抛来抛去时，圣诞龙一直跳起来追着它——看起来像是一种"恐龙在中间"的非常奇怪的游戏。

圣诞老人跑过他的雪地庄园，艰难地穿过午夜的雪野，来到精灵村，他最信任的八个精灵——雪挖挖、雪亮亮、雪闪闪、雪嘟嘟、雪泡泡、雪饼饼、雪包包和雪探探——还有圣诞龙，都以一副惊恐而担忧的面容迎接了他。

"圣诞老人！圣诞老人！快来看看呀！
出现意想不到的事情啦。
看看这些叮当瓦特呀！
它们都在下降呀！你能让它们停下吗？"

他们唱道。

圣诞老人低头看着他脚下那些站在微型街道上的精灵们，看清了他们扔来扔去的原来是一个黄铜信仰仪，那个以叮当瓦特测量孩子们的信仰的魔法仪器。

"我的天哪！"他抽了一口气，"这不妙啊，很不妙，尤其是离圣诞节这么近的时候……让我来看看！"

精灵们将信仰仪递给圣诞老人，后者把它拿起来仔细检查。就在他眼前，他看着里面那道发光的红色液体降了一格。

"这不可能是对的。"他说着，轻轻地敲了敲这个魔法测量仪器。

叮当瓦特值突然又跳了回来。

"怎么样，圣诞老人？它显示了什么值？

孩子们的信仰还有多少叮当瓦特值？"

雪探探问道。他是八个精灵中最聪明的。

"嗯，叮当瓦特值今晚似乎一直跳来跳去的！"圣诞老人似乎很困惑，那道红色的液体一会儿落下去一会儿爬上来，一会儿爬上来一会儿又落下去……又落下去、落下去，又再爬上来。

"这么多年里，我从没见过叮当瓦特值这样子！几乎就好像它们感知到了空气中的某种转变，某种变化。像是有什么大事情发生了。"圣诞老人抓了抓他的胡子，若有所思地说。

"好事情吗？让人愉快的事情吗？"精灵们怀着希望问道。

"很难说，但我们必须密切关注这一点。我在今晚的空气中感受到了一种干扰。"就在圣诞老人说这话时，一股冷风从精灵村刮过，使得精灵们全都挤成一团。

圣诞龙轻轻地蹭了蹭圣诞老人的胳膊，担忧地叫了一声。

"我确定威廉现在很好。"圣诞老人回应道。圣

诞龙松了口气。

"你们都去睡觉吧。"圣诞老人笑着说："别担心。"

"可是，圣诞老人，我们没法睡得安心

除非你唱歌给我们听……"

于是圣诞老人接下来花了一小时把精灵们一个个塞进他们的小床里，然后一屁股坐在雪地上，靠着蜷在他身边的圣诞龙，给他们唱了一首小小的安眠曲。然而担忧仍像数只蝴蝶在他的大肚子里扇着翅膀，而他的脑海里一直在试图解开叮当瓦特值的跳动以及被干扰的信仰之谜。

第十八章

被干扰的信仰

那个晚上，巴瑞·佩恩总是跑进厨房，打开冷冻柜的门，看看新的魔法圣诞树有没有长出来。

"这该死的东西怎么没有动静？"他在凌晨怒吼道。

"我们几个小时前才把它种下去，爸爸。我不觉得它会在圣诞节前就长好。"布伦达打着哈欠说。她听到脚步声从她卧室门口经过，便跟上来看看。

"圣诞节？**圣诞节?！**"巴瑞爆炸了，"那我们的计划就毫无用处了，不是吗？我们不可能在圣诞节过后再卖礼物。这颗豆子的用处就跟驯鹿的屎一样……"

巴瑞顿了一下，仿佛被一个巨大的圣诞布丁砸中了脑袋。

"是了！"他宣称。

"什么？"

"臭粑粑！"

布伦达疑惑地看着他。

"肥料。布伦达。粪肥。可以加速它的生长！"巴瑞解释道。然后他打了个响指。尽管连太阳都还没有升起来，巴特斯比夫人还是慌慌张张地冲了进来。

"是的，先生？"她说。一只手摸索着眼镜，另一只手系着围裙。

"去找园丁，马上！"巴瑞命令道。

"可……可这是一所公寓，先生。您没有花园呀。"巴特斯比夫人怯怯地说。

"不要找借口——立刻去找个园丁来！"他不

耐烦地说。

"好的，先生。马上，先生……"巴特斯比夫人又慌慌张张地出了厨房，果然，20分钟后，一个神情疲惫的男人走了进来，背着一个巨大的、看起来很重的包，挎着一条工具带，里面装着一把修枝剪、一把小锄头和一把从皮革套里伸出来一截的小铲子。

"我是格林先生！是有人需要一位园丁吗？"他停住脚步，面带不解地看着佩恩先生。"等一下，你是电视上那个卖玩具的家伙吗？我家小孩喜欢你的广告！谁还需要圣诞老人？"格林先生唱了起来，使得布伦达在那歌词中坐立不安。

"是的，是的，是我。这个词是我自己写的！"巴瑞自夸道。

"那好，先生，需要我做什么只管跟我说就是。巴特斯比夫人同我说有很紧急的事，对吗？"格林先生问。

"啊，是的！我们需要这颗豆子一夜之间长起来。"巴瑞说。他指着冷冻柜抽屉里的那团冰霜给男人看了看。

"一夜之间？"格林先生大笑起来。但他很快停下，因为他看到了巴瑞的脸色。"哦……您是认真的？好的……我看看……嗯……这是什么植物？"园丁问道。

"你不需要知道。只管给它用尽可能多的粪肥、美乐棵①和植物养料，如果明天日出我看不到一棵树苗，你就别想再修剪任何一片花瓣了。"巴瑞压低声音凶狠地说道，"还有一件事。这棵植物需要生长在最寒冷、最冰冷的环境里。"

巴特斯比夫人离开了厨房。格林先生取下他的工具带，然后打开他的园艺包，开始往外取出各种包包袋袋、瓶瓶罐罐、肥料增效剂、人造维生素养料、美乐棵粪肥……格林先生拥有一棵植物需要的一切。

巴特斯比夫人拖着两袋子冰回到了厨房。他冲她点点头。

"很好。请帮我把它们倒在这个花盆里。"格林先生说。

---

① 一种植物营养液。

巴瑞看着布伦达。"听到他说的了！快，让自己有点用！"

布伦达带着一种可怕的愧疚感，不情不愿地遵照了他的指令。格林先生将冰冻的豆子从那团冰霜里挖出来，深深地埋在装满了冰的花盆里，然后开始汩汩地灌入他的化学制品。

"爸爸，我不确定这对那颗豆子好不好。"布伦达说。

"别开玩笑了。这男的是专家——你看他那些

器材。"他不耐烦地回答着，将另一瓶肥料递给格林先生倒进去。

"现在我们只需要搅拌一下。"格林先生说。

"让这姑娘享受这份荣誉吧……"巴瑞露出一个恐怖的微笑。于是园丁把他的铲子递给了布伦达。

她不情愿地把所有东西混合在一起，而巴瑞跑去把公寓里的所有空调调到了最低温度，以确保这个房子尽可能地保持寒冷。

"可以了。"他把布伦达从那个冰桶边拉开，期待着奇迹发生。然而，什么事也没有。

"嗯？"他说。

"什么？"布伦达回复道。

"为什么没有用。我们所有事都按你说的做了，是吧？"巴瑞问。

布伦达窘迫地将圣诞老人写着使用指南的小卡片拿出来，巴瑞从她手里一把抽了过去。

"这个做了……这个也做了……做了，做了……等一下，这上面说我们得对着它唱歌！"巴

瑞指着卡片说，"好了，我是不会对着一株植物唱歌的，绝不可能。"

巴瑞走向厨房工作台上的一个小触摸屏，点了点，音乐声从天花板上的音箱里传出来。

"啊哈，这样就可以了！"他笑着把音量调大。一个女人正用另一种语言高声唱着一首歌，她的颤音让布伦达的脑袋都跟着颤了起来。

"呃，我想它的意思是圣诞歌！"她试图用压过那噪声的音量喊道。

"现在是我来制定规则，这棵树正在接受音乐审美教育。"巴瑞说着，把音量进一步调大，布伦达不得不捂住了自己的耳朵。"这叫歌剧，布伦达。百万富翁都听这个！"

音乐声突然停了。

"嘿！我允许你关掉它了吗？"巴瑞咆哮道。

"不是我！"布伦达说。

他们一同看向厨房的工作台，看见一根粗大的、腐朽的绿色的根，像一只发霉的手指一样扭曲地从冰桶里伸出来，砸碎了控制音乐的触摸屏。

"我没想过它会是这样的。"布伦达喃喃道。

"我也是。"巴瑞说。一道可怕的贪婪的笑容裂开在他的脸上，"这样更好！"

当阳光穿透厨房的窗户，布伦达在他父亲豪华的大平层内醒过来。昨天晚上余下的时间她睡在了冰冷的瓷砖上。

"是时候了。"她父亲悄悄地说。她揉揉眼睛，看见他坐在地上，领带松垮地挂在他已经皱巴巴的衬衣的领子上。他一直盯着那个魔豆长出来的东西。

不是布伦达所期望的小小的魔法树，那颗豆子完全变成了另一种东西。

那是一株看起来很恶心的变异圣诞树，看上去像是从花盆里缓缓爬出来的。它的树枝像触手一样伸满整个厨房。叶子也不像松针，而是肥厚的，深色的，像蜘蛛一样。而且它闻起来就像抱子甘蓝……放了一年的那种！

"布伦达！我们就要成为浑身铜臭味的富人了，这是圣诞老人绝对不可能做到的！"巴瑞咯咯

地笑道，"现在，你听着，树。是时候把我们的魔豆给我们了。"

他冲着他帮忙创造出来的生物摇摇手指说。

那树没给任何反应。

"不是这么做的，爸爸。"布伦达叹了一口气，说。

"哦，那该怎么做？"

"你得请求它。"她说。

巴瑞双膝跪地，毫不羞耻地开始恳求那棵树。

"树，拜托，拜托，请你——赐给我很多、很多、很多魔豆！你能造出多少魔豆就给我多少，要能长出所有人们想象得到的玩具……小汽车……小星球、独角兽、小火车……"他喋喋不休地列举了一大堆玩具和礼物，而那株怪物般的树就待在那儿……听着。

"嗯？"巴瑞结束他的请求后问道，"它动了吗？"

那棵树仍然悄无声息。

"我有什么做错了吗？"

"呃，爸爸，是这样的……"

"这样？怎样？"

"你得是真心想要。你得是诚实地、深切地、真心地。"布伦达解释说。

"你是在告诉我这东西没反应是因为你觉得我不是诚实地、深切地、真心地想要把圣诞老人赶出这门生意并且赚成堆的钱？也许你永远成不了一个生意人。"巴瑞恼怒地说——而就在这时，传来了一声大大的

噗！

有什么东西从那株树上蹦了出来，弹向空中。巴瑞伸出手接住了它。这是一个豆荚没错——但不像从圣诞老人的树上结出来的那种。这个豆荚是臭鸡蛋那种黄色的，带着深绿色的旋纹。

布伦达看着她爸爸，后者的脸上亮着琢磨事情的光芒。

他就和他那可怕的计划一样冷酷而扭曲。她意识到，他是一个彻彻底底的"淘气名单"上的人。这颗豆子就是证明。

噗!

另一个豆荚冒了出来。

"它们来了!布伦达,准备接住它们!"

伴随着巴瑞的大笑声,那株树开始向四面八方发射那种令人讨厌的、臭鸡蛋一样的豆荚。它就像一个爆米花机,房间里逐渐被小小的黄色豆荚填满。

"圣诞节再也不会和以前一样了!"巴瑞咧着嘴说着,庆祝式地将一把豆荚撒向空中。

第十九章

豆子不见了

"爸爸！爸爸！"威廉在厨房大声喊道。

"怎么了，威利宝宝？"鲍勃气喘吁吁地从门厅冲过来看发生了什么事。

"豆子！我的圣诞豆！"威廉惊恐地叫道，"我找不到了！"

"噢，谢天谢地。"鲍勃松了口气，"我还以为发生了什么严重的事情。"

"这就很严重！"威廉抗议道。他想说没有豆

子他就无法再获得绝对零度的时间旅行药剂，也就无法再穿越时间回去见他妈妈——但圣诞老人警告过他不要告诉他爸爸他回到过去的小小历险，或者他如何撞见了年轻时的父母和还是个婴儿的自己。所以他也无法抱怨自己没办法再那么做一次。

"我得告诉它我想要什么，然后把它种在冷冻柜里！它去哪儿了？我想许愿……"威廉顿了一下——说到许愿，他毛茸茸的白色新宠物愿望飞到了空中。

"不，不是你！你现在住在这儿了。你可以把这里当成你自己的家。我不是要对你许愿！"威廉告诉愿望说。那小家伙柔软的绒毛似乎失望地耷拉了下来。

"你在轮椅下面找过了吗？"鲍勃建议道。

"找过了！"威廉说。

"你的卧室呢？"

"找过了，爸爸！"

"你穿去北极的那件衣服呢？你检查过口袋

了吗？"

威廉顿住了。

"是了！我的另一件睡衣——我把它放在其中一个口袋里了！"他想起来。就在这时帕梅拉拿着一个空的洗衣篮走了进来。

"你在找你的睡衣吗？我把它们洗了，叠好放在你的抽屉里了。"她笑着说。

威廉的脸垮了下来。

"洗了？"他轻声说。

"噢，亲爱的。"鲍勃说。

"是啊，怎么了？噢，它们不是只能干洗吧，是吗？"帕梅拉问，她看上去有些担忧。

"不是，不是那个问题，帕姆。"鲍勃尴尬地说，"是威廉的圣诞豆还在口袋里。那颗魔法豆，圣诞老人给的。"

"现在它可能已经被搅成一团泥了！"威廉哽着喉咙说道。

"可我检查过口袋了。"帕梅拉皱着眉头回忆道。

"没关系的，威利宝宝。我肯定你可以写信给圣诞老人，跟他要你想要的东西，不管是什么。"鲍勃提议道，试着让威廉开心起来。

"噢，对啊，真是个好主意，鲍勃。看，没什么好担心的，威廉。"帕梅拉跟着说道。

"不行的！ 我留着我的豆子是为了一件特别的东西。为了一个人……哦，你们不会懂的。"威廉闷闷不乐地说。一阵难堪的沉默蔓延了整个房间。

"你还可以用你的愿望。"帕梅拉怀着希望建议道。那个小毛球又一次飘起来，做好准备等待着。

"你们就是不明白吗？"威廉生气地说道。他忍着泪离开了厨房，准备径直回到他的房间里去。可在他经过客厅时，电视上的一样东西引起了他的注意。

是布伦达的爸爸，**P 先生！** 电视里正在播放他其中一支可怕的广告，而这支广告是新的。威廉为了看清靠近了些，而就是在这时他看见了……

P先生手中的东西。

那是一颗很大的豆子，差不多鸡蛋那么大，它看起来很像圣诞老人给他的那颗红白相间的豆子——只不过这颗是黄绿相间的，就像圣诞老人的那颗圣诞豆的邪恶双胞胎。

"爸爸，我想你最好来看看这个。"威廉喊道。他向厨房瞥去，他爸爸和帕梅拉正在很小声地交谈。

"我一分钟就过来，威利宝宝。"鲍勃回答说。

威廉很快把目光转回电视上。

"你是不是已经厌恶了每年都差不多的老礼物？"P先生说道，"你是不是期待着一些不一样的东西？一些新东西？一些神奇的东西？"

他在镜头前神秘兮兮地挥了挥他的手，然后镜头一转，露出玩具商店里的陈列桌上高高的一堆长着黄绿条纹的豆子。

"那就别再看了！P先生就能给你想要的。今年，你可以

让你的礼物
自己长出来

这些魔豆，将带着你直奔北极！"

威廉的下巴掉了下来。他刚刚没听错吧？

P先生的玩具店……在卖圣诞老人的魔法圣诞豆？这绝对不对劲！威廉暗自想到。有一百万个疑问同时冲进他的脑海。

P先生的手里怎么会有一颗圣诞豆？

那颗豆子为什么是黄绿色的？

好吧，所以其实只有两个问题，但它们十分重要！

"爸爸！" 威廉大喊。

"怎么了？"鲍勃气喘吁吁。

"看！"威廉指着电视。

"又是巴瑞那些糟糕的广告。"帕梅拉翻了个白眼。

"不，你们听！"威廉调大了音量。

"这些是百分百正宗的圣诞豆，里面都是魔法，直接来自北极。你想要一个神奇的圣诞节吗？那你就需要一颗神奇的圣诞豆！你的孩子想要一辆自行车吗？"随着巴瑞先生的话音，一个小男孩出现在屏幕里。

"是的，拜托了，P 先生！"他激动地尖声说道。

"那就向你的豆子请求一辆！把它放在自家的冷冻柜里，你的自行车就会在圣诞节当天自己蹦出来，就像精灵们在北极做的那样！"巴瑞咯咯笑着说。

那男孩随即假装把一颗豆子种在一个道具冷冻柜里。他关上柜门，然后听到叮的一声！像微波炉那样。他打开冷冻柜，一辆闪亮崭新的越野山地车差点压在他身上。

"威廉，关掉吧。我们别让这个男的毁了我们的一天！"鲍勃说。

"不，爸爸！这很严重！"威廉说。

鲍勃轻声笑了笑。"威利宝宝，不必担心，巴

瑞·佩恩卖的不可能是北极那种真正的魔豆！这个男人根本不相信圣诞节！圣诞老人不可能让这样的东西流入他那种人手中。我的意思是，连布伦达都没拿到！"

布伦达……

布伦达……

布伦达！

布伦达的名字在威廉的脑海里回荡……

布伦达！

威廉回想起她在雪橇上盯着他的魔豆的方式，落地时她羡慕的眼神在他的口袋处逗留的样子，以及他们道别时她紧得非同寻常的拥抱。

他的心脏冻住了，像是被冬季女巫用冰冷的手紧攥着。

布伦达拿走了我的圣诞豆！

他冰冻的心融化在他身体里从未有过的奔腾的怒火中。就在他准备告诉他爸爸时，威廉想起了他们坐在雪橇后面时布伦达说过的话。

"咳！那豆子在你手上真是浪费了。我有一大堆好主意。我已经决定好我要什么了……就是一个漏洞。"

一个漏洞？威廉思索着。是那种能让你种出更多礼物的漏洞吗？可是，她怎么能得到更多呢？要得到更多礼物，就需要更多豆子，而要得到更多豆子，就需要……

威廉意识到布伦达为什么要偷他的圣诞豆了：是为了得到属于她的魔法圣诞树，就像圣诞老人那棵一样！

P 先生的脸填满了电视屏幕，像是在直视着威廉。

"当你的礼物自己就能在家长出来，谁还需要圣诞老人呢？"他眨了下眼睛，问道。

"哦，布伦达……"威廉叹了口
气，"你都做了些什么？"

第二十章

今年的礼物

外面的街上突然爆发出一阵噪声。威廉听到车门关上的声音，引擎启动的声音，孩子激动的叫喊，以及父母们说着"快！""它们就要卖光了！"

威廉径直冲到门外去看这喧闹的情形，鲍勃和帕梅拉紧随其后。

"这是怎么回事，威廉？"

在大街上，他们看见他们的邻居们正疯狂地给汽车除冰，着急忙慌地锁着房门。有的甚至还穿着

睡衣和拖鞋就直接在街上跑起来。

"他们都失去了他们的豆子！"鲍勃说。

"不，我想他们都是想要豆子……"威廉缓缓
说道。

"那只不过是巴瑞的又一个鬼把戏！"帕梅拉
安慰他说，"他不可能有真正的圣诞豆，威廉。你
爸爸说得对！"

但如果这不是个把戏呢？威廉不可抑制地觉得
有什么糟糕的事情已经发生了。比如一些……
干扰。

"嘿，威廉！"是尤素福，他经过威廉的房子
时喊他。

"你好，尤素福。"他回应道。

"你看到电视上的广告了吗？那些豆子太神奇
了是不是？我想要一个……噢，糟糕！我要赶紧去
镇上，赶在它们被卖光之前抢到一个！回见！"

尤素福走后，一个念头突然闯进威廉的脑袋
里。如果布伦达真的要用这些豆子做什么，他得弄
个明白——而她也许就在他爸爸的某家玩具商

店里。

"我们也去P先生的玩具店行吗？"威廉问。

鲍勃看起来很惊恐。

"你也想去买那个……那个……东西？"他问。他的整张脸都皱了起来，像闻到难闻的气味时一样。

"噢，不是！"威廉飞快地说，"我不是想去买那个，我发誓！我就是想去看看它们。去弄明白这到底是怎么回事！"当他看到鲍勃和帕梅拉担忧得面面相觑，他感觉自己的脸红了。他不忍心告诉他们自己的猜测——关于布伦达应该对这一切负责的猜测。

"那好吧。"鲍勃说，"我反正也要去再买一些小彩灯，屋顶上那片暗暗的地方一直让我有些伤脑筋。"

"太好了！那我们在那儿见！"威廉说着，以最快的速度转着轮椅跑了。

"等等我们！"鲍勃和帕梅拉一边喊一边试图跟上他——但乘着轮椅的威廉优势明显。他飞快地

奔过马路，转过拐角，冲向大街上的一排小商店，人群突然变得密集起来。厚厚的人堆一眼看不到头，大家似乎都是往一个方向去的。

"威廉！"一个亲切的声音在人堆里喊道。

"伊兹！"威廉看到了他的另一个同班同学，回应道。她正和她的父母一起进行圣诞采购。"怎么这么多人？"

"你没听说吗？"伊兹说，"P先生的玩具店正在卖——"

"北极的圣诞豆？"威廉帮她说完。他的心沉了下去。

"对！你也想要一个吗？感觉学校里的所有人都想要一个！"她说。

"你是说这群人都是为了豆子来的？"他问。

"是呀！太疯狂了，是不是？"她笑着说。

"伊兹，我不是很确定我们是不是应该买它。我不认为圣诞老人会希望这样！"威廉说。

"什么？威廉，我听不见你说话！祝你圣诞快乐！"她被人群推着往前走去，只能从大人们的腿

间大喊道。

威廉跟着这些极度兴奋的采购者们往前移动。

"我真不敢相信我们的玩具真的能在家里长出来！"其中一人说。

"这豆子正在统治世界！"另一人说。他正查看着他手机上的新闻："**今年排名第一的礼物——豆子！**"他大声念了出来，又把他的手机转过来给所有人看，上面是布伦达那个假惺惺的爸爸拿着一颗他那古怪的变异豆子的照片。

就在这时，一辆新闻车刺耳地急停在商店前面，著名新闻记者皮尔斯·斯诺里根从里面跳了出来，身后紧跟他的摄影师和一队化妆师。他们在P先生的玩具店前拍了张照，化妆师往皮尔斯的脸上涂了一层古铜色的粉，使得他看起来像刚度了个阳光十足明媚的假回来。

"你开始了吗？"皮尔斯问，摄影师点了点头。

皮尔斯立马对摄像机露出灿烂的笑容。"这里是皮尔斯·斯诺里根，正在目前世界上最忙碌的商店——P先生的玩具店前进行报道。这是唯一能买

到这种魔法圣诞豆的地方，而这种豆子有可能成为今年排名第一的圣诞礼物！我今天是来对那位先生本人进行一场专访。啊，他来了！"皮尔斯指着突然爆发的欢呼声和此起彼伏的相机闪光灯传来的方向补充道。

"谢谢！谢谢！"巴瑞笑着露出他珍珠般闪亮的白牙，这又让人群中的一些人神魂颠倒。

"P先生，感谢您愿意接受我的采访。"皮尔斯和他握了握手，说。

"这是我的荣幸。我永远会把时间留给我的粉丝们。"P先生一边回答，一边对着摄像机眨了下眼睛。

"这次能成为世界上排名第一的圣诞礼物的幕后策划者有什么感想呢？"

"嗯，我酝酿了很久。"巴瑞流畅地解释道，"我第一次构思这个礼物是在几个月前，但北极的某个人想让这些豆子成为秘密。"

当听到人群中有人在听到"某个人"时发出嘘声时，威廉倒吸了一口凉气。他们怎么都相信了？

他想。

　　"但我觉得这份礼物如此特别，它应该归大家所有。孩子们应当要有机会在自己家体验圣诞节的魔法。"巴瑞继续说道。

　　围在他身边的人们激动地点着头。然而威廉知道这只是在演戏，P先生自己都不相信圣诞节的魔法！

　　"那P先生，您一定有什么秘诀可以知道孩子们想要什么吧？"皮尔斯·斯诺里根大笑着发问。

　　"是的，皮尔斯，我确实有！"巴瑞夸耀道，"我不可能完成这些，如果没有我的新合伙人，我挚爱的女儿布伦达的话。布伦达，过来！"

　　布伦达突然被巴瑞的一群身形高大的保镖们簇拥着领出来，推到了摄像机前。

　　"你好呀，小丫头。你一定很为你爸爸感到骄傲吧？"皮尔斯用一种小娃娃的声音说。

　　威廉看见布伦达双手紧握成拳，就知道她在努力忍着不揍向皮尔斯那亮橘色的鼻子。他爸爸轻推了她一下，并且靠过去在她耳边低声说了些什么。

布伦达深深地吸了一大口气。

"是的，皮尔斯。"她像个机器人一样回答，像是在照着一份稿子念，"我很高兴我爸爸是世界上最好的玩具供应商。大家圣诞快乐，别忘了：唯一能买到自己的圣诞豆的地方就在这儿——P 先生的玩具店。"当她说完，她痛苦地低下了头，盯着自己的脚。

"啊，我的小姑娘真是太善良了！"巴瑞说。人群中爆发出热烈的掌声。

"那好，向你们俩都表示祝贺。Ｐ先生和他的女儿！"皮尔斯说。人群变得更疯狂了。巴瑞和布伦达被簇拥着回到了商店里。

　　皮尔斯重新转向摄像头的方向。

　　"好了，朋友们，看起来这个豆子背后的家伙今年为全世界带来了欢乐，因为他让这么多的孩子都可以在家里等着自己的礼物长出来。这就引出了一个问题——我们真的需要圣诞老人吗？来自皮尔斯·斯诺里根的报道。"

第二十一章

消失的精灵

噗！

"这是什么声音？"圣诞老人从"美好名单"上
抬起头来，他正在雪地庄园的图书馆里做最后一次
确认。

噗！

又来了。圣诞龙也听到了，它窝在圣诞老人脚

边，刚从舒适的小憩中醒来。

门突然被撞开，八只精灵跌跌撞撞地滚进来。

"雪挖挖？雪亮亮？雪闪闪？雪嘟嘟？雪泡泡？雪饼饼？雪包包？雪探探？发生什么事了？"圣诞老人合上名单，跳起来，问道。

"圣诞老人！圣诞老人！快来看看呀！
出现意想不到的事情了呀。
这儿也看不见我们了！那儿也看不见我们了！
我们开始消失不见了！"

他们用一种恐慌的语气合唱道，又在惊恐中一个接一个地被彼此绊倒。

圣诞老人将一只大手伸到雪闪闪面前。

"我能近点看看吗？"他冷静地说。她登上他的手掌。他把小小的精灵举到他的阅读灯前，然后震惊地发现，灯光从她的身体穿了过去。

"我的天哪！你们说得没错！"他惊诧地轻声说。他完全可以透过精灵看过去。就在这一秒的时

间里，她变得越来越透明了。

她很快就会整个消失！

"圣诞老人！你能让这停下吗？

我感觉我很快就要……"

噗！

雪闪闪不见了。她的精灵伙伴们倒抽了一口
气，圣诞龙发出了悲伤的呜咽。

"现在，现在，让我们保持冷静。我肯定会有

一个简单的办法解决这一切。"圣诞老人飞快地说。

"如果你名单上的孩子不再
相信，我们也就不会存在！"

雪探探用他已经半隐形的手指着圣诞老人刚刚在看的那本皮革外皮的厚厚的"美好名单"说。

"不，不，不！不会这样的。马上就到圣诞节了！信仰应该正在全世界所有孩子的心中和脑海中奔腾，他们应该正梦想着我和驯鹿——"

圣诞龙叫了一声。

"如果是威廉的话，还有圣诞龙——带着他们的礼物从天空飞过。这里，我给你们看看！"圣诞老人说着，拿起他桌上的信仰仪。他将信仰仪放低，让精灵们都能看见，所有人都聚到这个神奇的仪器周围。

沉默持续了一段时间，大家都紧盯着里面那道红色的液体。然后，缓缓地，那道红线开始下降。一路下降，直至最低点。

281

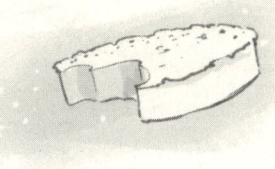

"这不可能……"圣诞老人喃喃地说。

忽然，又是一声噗！这次是雪饼饼消失了，只留下一个咬了一半的小圆烤饼。

然后是雪嘟嘟——噗！

雪亮亮——噗！

雪泡泡——噗！

雪包包——噗！

雪探探——噗！

最后，一锤定音地，紧张的小放屁大王，雪挖挖——噗！

圣诞老人看向圣诞龙，后者的眼睛里泛着泪光。

"别担心，我的朋友。我们会找到办法让一切重回正轨的。"圣诞老人用颤抖的声音说。他走过去拍拍恐龙覆满鳞片的脑袋……但手在距离恐龙头几厘米时顿住了。

圣诞龙满怀疑问地歪过头去看发生了什么。它看见圣诞老人温暖的脸上露出了从未有过的担忧神情，而在盯着圣诞老人看了好一会儿后，它意识到

了这是为什么。

圣诞龙的目光穿过了圣诞老人的手。他也变得隐形了！

圣诞老人

开始消失了！

第二十二章

圣诞节到了

倒数圣诞节的日子一天天过去了。降临历越来越轻，里面的巧克力几乎要被吃完了，已经到了一年中唯一的一个晚上，全世界的孩子不用催促就都兴高采烈地上床去睡觉了。平安夜！

只不过，今年，孩子们不再梦想着驯鹿从空中飞过，而圣诞老人扛着一大包礼物从烟囱爬下来。他们在梦想着另一样东西。

冷冻柜里的那颗黄绿相间的豆子！

圣诞节这天威廉醒得很早。太阳还没升起来，蓝色的月光还投在他的房间里。他瞥了一眼他的恐龙闹钟：早上 5:30。

他的心跳加快了。圣诞老人一定已经来过了！

可是为什么圣诞龙没有叫醒他？他承诺过会来打招呼的。威廉甚至想过他能坐一下雪橇！

自从发现布伦达拿走了他的圣诞豆，让他所有穿越时间回去再见他妈妈一面的希望都破灭之后，能再和圣诞龙在一起待一会儿已经成了支撑威廉度过 12 月的唯一念想。

所以他在哪儿呢？

他掀开恐龙羽绒被，穿上他暖和的恐龙拖鞋和睡袍，把自己挪到轮椅上，安静地走到客厅。

圣诞树微微闪烁的灯光足够让威廉看清，树下什么礼物也没有。

他昨晚为圣诞老人准备的小圆烤饼、胡萝卜、肉馅饼和牛奶仍好好地放在壁炉上的盘子里，没被动过。

这太奇怪了。威廉想。他迟到了这么久！

"啊啊啊啊啊啊!"

从外面传来一声尖叫,打破了清晨的宁静。

这是怎么了?威廉想着,飞快地把头从前面的窗户探出去。他扫过白雪皑皑的街道,然后意识到那些尖叫和叫嚷是从对面的一栋房子里传出来的。

"哇呜呜呜呜!"

另一声哭喊从另一栋房子里传来,威廉看见那家客厅的灯亮了起来。

逐渐地,这条街上所有的人家都醒来了,孩子们的尖叫哭喊声充斥了整条街。

"怎么回事?"鲍勃在门厅里睡意蒙眬地喊道。

"我不知道。"威廉大声回答,"是从那边的房子里传来的。"

"都是有孩子的房子。"帕梅拉打着哈欠来到窗前,站在威廉旁边。

她说得没错。

她刚说完，就见一扇房门开了，一个怒气冲冲的男人冲出来，手里拿着一样非常奇怪的东西。那东西看起来有一点像一辆自行车，但轮子奇形怪状的，轮胎软塌塌的，还冒着气，像是用热肥料做的。车把手的方向是反的，整件东西是一种恶心的黄色，上面还带着邪恶的绿色条纹。那位邻居把自行车扔进自家花园前的大垃圾桶里，垃圾桶咔嗒咔嗒地抖了抖，仿佛那自行车是什么活着的东西！

　　"那是一辆自行车吗？"鲍勃来到他们身边，问道。

　　"我想原本应该是的……"威廉缓缓地说。所有的碎片开始在他的脑子里拼凑起来。

　　"它的颜色和……"

"巴瑞的豆子一样!"

他们异口同声地说。

就在这时，另一扇房门打开了，一家人尖叫着跑到街上，像是正被什么追逐着。

"这又是……"鲍勃伸长脖子，想看得更清楚些。

一队玩具士兵突然从那所房子里列队走出来，像僵尸一样，眼睛都放着绿光。当它们从花园经过时，它们开始拔花园里的花，接着撞翻了垃圾桶。

"哦，天哪……应该有人去把它们的电池取掉。"帕梅拉说。

"看，我想她正打算这么做!"鲍勃指着一个披着睡袍的女人说。她正在和一个扭动的玩具士兵作斗争。

最后她终于敲开了电池槽，却发现……"**里面是空的！**"那女人难以置信地尖叫道，这时那士兵趁机在她的手指上咬了一口，跳回了地面上。

威廉沉默地看着。他一早知道这些玩具不是被电池驱动的。它们依靠的是……

黑魔法！

接下来，一辆巨大的绿色怪兽卡车从一扇窗里冲出来，被撞碎的窗玻璃飞到了大街上。

威廉看着它弹到路边停着的车上，从车顶一路驶过，把金属轧得凹陷进去，还触发了警报。

"一定是出了点什么问题！"鲍勃说。

"不只是这样，爸爸。去看看树下面！"威廉说。

鲍勃转过身，他差点晕了过去。幸运的是帕梅拉接住了他。

"鲍勃，怎么了？"她担忧地说。

"没没没——没有礼物？小小小——小圆烤饼也没吃？圣圣圣——圣诞老人……圣圣圣——圣诞老人……"

他结结巴巴的，说不出一个完整的句子。

"圣诞老人没有来。"威廉帮他说了出来。

事情已经超过了鲍勃所能承受的极限——而他也超过了帕梅拉能接住的极限，她只能把他扔到沙发上，让他躺着消化心中的震惊。他躺下时压在了电视机的遥控器上，电视屏幕吱地亮了起来。

"突发新闻！"皮尔斯·斯诺里根坐在他早间

新闻的直播桌后宣布道。"圣诞节的开局非常糟糕，数百万的孩子一觉醒来，发现今年最受欢迎的礼物——P先生的魔豆——并未起效。我重复一遍，那些豆子并未起效！我们从世界各地收到了很多反馈，关于破损的礼物、错误的礼物，甚至有一从冷冻柜里出来就攻击家庭成员的礼物。"

"这太不可思议了！"鲍勃嘟囔道。

"让事态更糟糕的是，从早些时候的反馈我们得知，今年圣诞老人并未进行他一年一度的烟囱来访。并且，鉴于很多孩子都寄希望于从P先生的豆子那里得到他们的圣诞礼物，我们很可能会面临一个没有……嗯，没有圣诞节的圣诞节！"

"可是圣诞老人出什么事了？"鲍勃对着电视大喊道。

"而且布伦达该怎么办？"帕梅拉倒吸着气说。

"我敢保证她没事。她能照顾好自己。那是她最擅长的。"威廉不高兴地说。

"威廉。"鲍勃转向他儿子，皱着眉头说，"这样说很不好。这些并不是布伦达的错。"

突然，皮尔斯·斯诺里根把手放在耳边，像是正在接收什么很重要的信息。

　　"我接收到一些很重要的信息。"他说。

　　看吧！

　　"我们即将去到一家P先生的玩具店现场，据说巴瑞·佩恩将亲自在那里做出官方声明。"皮尔斯·斯诺里根将直播的镜头切换到一家玩具店外，那里已经聚集了一群愤怒的家长。

　　"看，他在那里！"鲍勃指着电视，可以看见巴瑞出现在玩具店门口。人群冲上去，举着他们的破玩具骂着可怕的话，甚至开始向他扔雪球。

　　"他活该！"鲍勃说。

　　"很好！"帕梅拉说。

　　"请让我说句话！"巴瑞对激动的人群大喊道。

　　人群缓慢地安静下来，冷静到能听见他说话的程度。他从他西服的口袋里拿出一片纸，念起来。

　　"今天早上早些时候，我开始收到有关我们最受欢迎的商品——魔法圣诞豆的失望的消息。"他

开始了。

"失望？那只从我女儿的豆子长出来的玩具狗差点吃了我们家的猫！"一个愤怒的消费者在人群里吼道。

"我对此负全责。但是……"巴瑞将那张纸折起来，直视着摄像机，也直视着电视机前数百万正看着他的人，戏剧化地说，"我觉得我有责任告诉你们，这些有瑕疵的产品应该直接追溯到我们北极的供货商。也就是圣诞老人！"

巴瑞假装失望地摇着头。"一年又一年，我们将我们最深的信仰寄托在这个人身上，他却让我们的孩子这样失望，这绝对是一种耻辱。"

愤怒的人群开始窃窃私语，消化着从他满是谎言的嘴里吐出来的话。

"空头承诺。没有礼物。哭泣的孩子。圣诞老人这次做得太过分了！"巴瑞高喊。

"他说得没错！"人群里一个心烦意乱的父亲嘶吼道。

"是时候改变了。是时候让圣诞老人看看他不

能再这么做了。"巴瑞宣称。

"**对！**"一小部分人附和道。

"是时候废除这些愚蠢的、过时的传统了。"

"**对！**"人群中又多了一些人喊道。

"我规划了一个未来，我们的孩子们可以随时得到他们想要的，不管是什么。不用再写信，不用再准备肉馅饼和胡萝卜。不用再等着一个花里胡哨的胖东西偷偷摸摸地从你们的烟囱爬下来，一年还只有一次！"巴瑞挥着拳头大声说道。

"**对！**"这下整个人群都发出了赞同的声音。

"所以，在未来，你们的孩子都能从我，佩恩先生这里得到礼物，全年任何时候！在未来，没有圣诞老人！"巴瑞深吸一口气，再次直视着摄像头。

"在未来……

没有圣诞节！"

人群变得歇斯底里起来，在巴瑞冲着摄像机以胜利的姿态点点头、迅速返回他的商店后，发出震耳欲聋的声音。

帕梅拉叹了口气。"我是真的讨厌那个男人。"

"我也是。"鲍勃附和道。

"加上我！"威廉说。

"可是我不明白为什么圣诞老人昨天晚上没有来。"鲍勃说。他的额头因为担忧挤成一团。

就在这时，屋顶上传来一声巨响，接着是重重的脚步声。

他们全都盯着壁炉，鲍勃的脸都亮了起来。一小块黑色的烟灰突然掉到地上，像是有人正从烟囱爬下来。随后是一通稀里哗啦，再是砰的一声，一大团黑色的煤灰充斥了整个房间。

威廉、鲍勃和帕梅拉咳了起来，而在烟灰落下后，壁炉里显现出一只惊恐万分的蓝色恐龙的身影。

"圣诞龙！"威廉大叫起来。闪着光的恐龙蹦出壁炉，在客厅里跳过来、跳过去。

"冷静，龙龙！冷静！"威廉说着，把手伸向它，然而恐龙十分惊慌，开始将威廉的轮椅往房门处顶。

"爸爸，出问题了。"威廉意识到。圣诞龙疯狂点头。

"圣诞老人去哪儿了？"鲍勃问。圣诞龙深深地垂下了头。

"噢，我的天哪！我们该怎么做？"帕梅拉问。

威廉注意到恐龙的脖子上系着东西。"这是什么？"他抓着那个小小的红丝绒口袋说。他把它打开，倒过来，一根拐杖糖滑出来，掉在了他的腿上。

威廉举起那根"时空转换拐杖糖"，它在圣诞树彩灯的映照下散发出魔法的光芒，这只可能是从北极带来的。

"我想我得去一趟。"威廉说。

"去哪儿？"鲍勃问。

"回北极！"

第二十三章

回到北极

　　威廉用布伦达的跳绳和一些鲍勃之前拼命想加在房子里的彩灯把他的轮椅挂到圣诞龙身上。他不能直接骑在圣诞龙身上，因为到了北极他会需要他的轮椅，所以这样似乎是最好的办法了。而且，按照以前的经验，这么飞会很好玩！

　　"威利宝宝，等一下！这样还是太危险了。我同你一起去。"鲍勃和帕梅拉一起跑到大街上来，说道。

　　"爸爸，相信我——我知道自己在做什么。"他

试图让自己的声音听起来自信些，但事实是他根本不知道自己在做什么！可是他知道他必须试试。

"不行，威廉。不能再像去年那样。"鲍勃坚决地说。

威廉叹了口气——这时，他的脑海里蹦出一个想法。

"嘿，爸爸，屋顶上有个彩灯被吹飞了！"他指着他父亲身后说。

"什么？哪里？"鲍勃倒吸了一口气，转过身去。

"就现在，圣诞龙！"

威廉紧紧抓住他的轮椅，大声说道，**"我信任你！"** 发光的恐龙如一道蓝色的闪电一般出发了，在鲍勃和帕梅拉反应过来之前就一路沿着街道疾驰而去。缠在它布满鳞片的身体上的彩灯被威廉信仰的力量点亮，地面逐渐在圣诞龙雷霆万钧的蹄爪下越来越远。

威廉有点担心他们会被下面的人看见。只要有

299

任何一个人此时看向窗外，就能看到一个奇特的景象：一个坐着轮椅的男孩被一只发光的蓝色恐龙拉着飞离白雪皑皑的街道，冲向圣诞节的朝阳。

圣诞龙驰过天空，在云层中穿行，分辨着北极的气味。

威廉知道这样的时刻有多么不可思议，但他还是不由自主地想到圣诞老人。想到他没有在平安夜出来派送礼物——一定有什么可怕的事情发生了，威廉得去弄明白！

"那是什么？"他看到下面的街上聚集了一群人。圣诞龙盘旋着降下来一点，他们看到这群人正聚在 P 先生的玩具店外。只不过，他们现在不是在抵制 P 先生，而是在抵制圣诞老人——以及圣诞节本身！他们的声音直冲云霄，是在用"铃儿响叮当"的旋律唱着：

"禁止圣诞！

禁止圣诞！

从此禁止圣诞！"

"禁止圣诞？"威廉倒吸了一口凉气。这和他去到未来时所见的一模一样。"没可能！"他喃喃自语道。

他记起圣诞老人告诉过他的，每一个微小的瞬间和决定都会改变路径——画出不同的霜线。他曾经

看到的那条未来的霜线已经开始了吧，就在那天早上，因为布伦达和她爸爸，还有那颗魔法圣诞豆？

圣诞龙叫了一声，朝下面点了点头。

"布伦达！"威廉大喊。他认出了P先生的玩具店后面的小巷子里那头金色的卷发。

圣诞龙开始下降，但威廉紧紧地扯住跳绳。"我和那个圣诞节的叛徒没有任何话讲！"他说着，要将圣诞龙拉走。

圣诞龙用他的鼻子哼了一声，可威廉不想听他说。

"没错，她就是一个叛徒。这一切都是她造成的。"

恐龙再次对抗着临时缰绳飞落小巷。威廉看见布伦达往商店后面"P先生"的标志上扔了一团雪。她在北极许愿得到的恒中球整个砸在那招牌上，又神奇地复原，飞回她手中。

她用袖口抹了抹眼睛。那红色的袖口脏兮兮的，像是她已经哭了很久了。而且她的嘴唇已经冻得发青了。

威廉看见她的另一只手里紧紧地攥着一个雪花水晶球，那是他爸爸给她的，让她想家的时候看的。

圣诞龙回头瞟了威廉一眼，用鼻孔呼出一口热气。

威廉叹了声气。他知道圣诞龙是对的，而且和一只恐龙争论永远是不明智的。

"好吧，好吧！如果你坚持的话！"他说着，不情愿地引导着圣诞龙尽量温柔地降落在巷子里。

"圣诞龙！威廉！"看见他们出人意料地落在她面前，布伦达尖叫起来，"见到你们真是太高兴了！"

她扑过来抱住圣诞龙，然后又向威廉张开双臂，但他转过脸去。

"我知道……我不知道该怎么说。"布伦达说。

泪水立刻又填满了她已经湿润的眼眶。

威廉拒绝出声。圣诞龙用他那巨大的发光的脑袋顶了顶他。

威廉叹了口气。"好吧！布伦达，是你拿走的，是吧？我的圣诞豆？"

布伦达点点头，不敢直视他的眼睛。

"我真不敢相信你会对我做这种事。我们现在应该是一家人了。"威廉说，他知道这样会让布伦达的愧疚感比原本再增加一百倍。

"我本来都打算还给你了，威廉，真的，我打算了，只不过——"

"只不过你觉得更应该把它交给你那贪婪的、糟糕的、讨厌圣诞节的爸爸？"威廉打断她。

"我没有交给他。是在我正在想办法把它还给你时，他发现了，然后——"

"然后你就告诉了他那是什么？"

布伦达缓缓点头。

"以及该怎么用？"

她又点了点头。威廉难以置信地叹了口气。

304

"你不知道他是什么样的人，威廉。他十分清楚你说的是不是真话！"她解释道。

沉默在他们仨之间停留了一段时间。商店另一边的歌声传了过来。

"布伦达，有些关于未来的事你得知道。"威廉说。

"可圣诞老人说了我们不应该了解太多。"布伦达提醒他。

"我知道，我知道！可我觉得我们没有别的选择了。"他深吸一口气，"布伦达，当我去到未来时，我看到了一个没有圣诞节的世界。"

布伦达倒抽了一口气。

"没有圣诞老人，没有装饰，没有礼物。什么也没有！圣诞节被——"

"禁止了！"她接着说完。她意识到了威廉在说什么。"威廉，你是觉得今天发生的事情或许会……"

"产生一系列连锁反应，最终导致圣诞在全世界被废除，直至永远！"他大声说，"而且不止如

305

此。我还看见一座高楼，整座城市里最高的楼，在它顶上立着一个巨大的字母……"威廉把自己的轮椅推向墙边，拂去溅在上面的雪，显露出那个字母P。"我们得做点什么。"他说完。

"不，我应该做点什么。这是我的错。我会把事情纠正过来！"布伦达说。

"不行。你已经弄糟够多事了。"威廉对她说。他抓紧彩灯绳，准备再次起飞。布伦达抓住他的胳膊，把他的脸扭过来，让他不得不看着她的眼睛。

"现在听着，威利宝宝。你现在是我弟弟——"

"继弟……准确来说。"

"随便吧！我们是一家人。"她说。她把水晶球在他面前挥了挥，"如果有一件事是我从你和你爸爸那里学到的，那就是一家人应该劲往一处使。现在我就跟你一起去让一切回归正轨。明白了吗？"

圣诞龙发出一个声音，听起来很像是在笑。威廉翻了个白眼。

"好吧，好吧！让你跟我们一起。"他同意了，"但去北极这一路上你不能坐在我腿上！"

圣诞龙轻松地吱了一声，蹲下身子让布伦达爬到它背上。

　　"我从没想过我能骑在你身上！"布伦达一边说着，一边将水晶球和她恒中球塞进口袋里，然后在圣诞龙布满鳞片的背上找了个舒适的位置坐好。她握住它的两根冰鬃毛当把手，然后圣诞龙就背着布伦达、拉着威廉，沿着小巷一阵飞奔，接着一跃而起。

　　"去北极——快！"威廉大声喊道。圣诞龙低下头，收起鳞片紧贴着身体，像一颗流星一样朝着北方射去。

第二十四章
应该被看见

    圣诞龙以比你翻一页书还快的速度飞越了大洋和山脉，威廉和布伦达还没有反应过来，他们就已经降落在了白雪皑皑、广阔又空旷的北极。

    布伦达从圣诞龙身上爬下来，威廉把"时空转换拐杖糖"从红色丝绒口袋里掏出来咬了一口。

    "这里，吃一点。"他把它递给布伦达说，后者也咔嚓咬了一口这根魔法棒。

    极光在雪地上闪耀起来，忽然间，空旷的雪野

开始转换，变成了他们见过的模样。只是以前那座四处都是精灵和驯鹿、雪人和仙子，还有各种各样不可能的生物的繁华城镇，现在什么也没有了，像一座鬼城。

有史以来第一次，北极一片静默。

所有的一切都是安静的。

所有的一切都是白色的。

"大家都去哪儿了？"威廉问。圣诞龙像一只担忧的狗狗一样呜咽了一声。

他们怀着奇怪的心情走向雪地庄园。圣诞龙拉着威廉穿过深深的积雪。他们经过一个个熟悉的地方，但那些熟悉的面容全不见了。

"就好像他们全都消失了！"布伦达说。她轻轻的声音乘着风在荒漠般的空城里回荡。

当他们来到鹿厩，威廉和布伦达透过打开的谷仓门看到了圣诞老人的大雪橇。

"看！那里面还是装满了玩具。"布伦达看到雪橇背后一袋袋的玩具，说道。

"但驯鹿不见了。"威廉看到那些缰绳和挽具孤零零地躺在雪地上。

有一个亮亮的、金色的东西在清晨的阳光下闪着光，就躺在鹿厩入口处一小团被阳光照耀到的雪上。威廉的目光被它吸引，于是拉了拉彩灯绳，示意圣诞龙带他过去看看。

"是我想的那个东西吗？"布伦达问。

"是圣诞老人的信仰仪！" 威廉说。他从轮椅的一侧倾下身去，把它捡起来，拿到近前查看这个叮当瓦特测量仪。

"一叮当瓦特都没有了！"

"什么意思？"布伦达问。

"意思是孩子们都忙着相信你爸爸那些粗制滥造的豆子，因此不再相信圣诞节了。"威廉说。他的声音在颤抖。

他们三个环视着空荡荡的雪地庄园。

"如果孩子们停止了他们的信仰，那圣诞老

人、精灵们，还有这里所有的生物都将不复存在！圣诞老人告诉我，如果没有一叮当瓦特的信仰来维持圣诞节，他就会消失不见。这就是这里所发生的事！"威廉说。

"这都是我的错！我就不该想要另一棵愚蠢的魔法树，让它长出更多愚蠢的礼物！如果我能回到过去，我绝不会要更多礼物……绝不会！"布伦达沮丧地走来走去。

"布伦达……"一个想法闯入了威廉的脑海，"你刚刚说什么？"

"再也不要礼物了！它们带来的麻烦太多了。"

"不，前一句！"威廉盯着她，"布伦达，你说'如果我能回到过去'。"

他的大脑飞速地转动。"现在只有一个人可以帮我们！"他说。他看到布伦达的眼睛睁大了，就知道她也明白了。

"冬季女巫！" 他们异口同声地喊道。一刻也没有犹豫地，他们一起向禁地冲去。

他们来到冬青树迷宫的入口。没时间害怕了，

圣诞龙率先冲向空中，把威廉带到树丛上方。在腾空那一刻，威廉一把抓住布伦达，他们一起飞过结霜的树篱，落在了女巫的秘密藏身处。

"噢，不！"威廉大叫道。

布伦达随着他的目光看向雪花形状的喷水池中央，那是冬季女巫原本站立的地方。然而现在她不见了，就像这里的其他人一样。

"不！"布伦达哭喊着绕着喷水池跑了一圈，想看看女巫是不是躲在了另一边。"她一定在这儿！你还记得那个脾气暴躁的仙子是怎么说的吗？她永远在你身边。现在、未来、今天、昨天、明天。她时时刻刻都在！"她踏上冰冻的喷水池，走到空空的基座前，女巫原本应该站在这里。

"绝对零度似乎错了。这里只有我们，我没见到任何女巫。"威廉说，"她是我们让事情重回正轨的唯一机会。"

"也许还有一个办法……"布伦达说。她瞪大了眼睛，正凝视着某样东西。

"那是……我想的那个东西吗？"威廉倒吸了

一口气。随着她的目光，他看到了一个冰杯正躺在喷水池的边沿，上面还挂着滴落的冰棱。

"这里面装满了绝对零度的药剂！"布伦达说，"还记得吗？冬季女巫就是用它来冻结时间的。"

"我知道。"威廉说，"这是我本来想向我的豆子要的东西，那样我就可以回去再见——"他停下来，艰难地把后面的话咽了回去。

"哦，我没想到。"布伦达说。她看起来很不自在。

"没关系。我现在要用它来做更重要的事。"

威廉深吸一口气。他知道他应该做什么。这不再是关系着他要如何违背时间和空间的法则去见他妈妈，而是关系着数百万计的孩子未来的幸福和快乐。关系着重塑信仰，让圣诞节，以及所有依靠它生存的人，重新存在。

"我要用它去拯救圣诞节。"他说，"这太重要了。未来要靠我们！"

"不，威廉，不是你……**是我！**"布伦达争着说道。

“不可能！”他回答。

“这全是我的错，应该由我去纠正它。我不能再眼睁睁地看着你消失在某个怪异的时间池深深的旋涡里。我得自己面对我的行为所带来的后果！”

威廉看着那个装着流动的魔法液体的冰杯。

布伦达也看着。

在那一瞬间，威廉知道他们谁先拿到它，谁就会喝下它，于是……

嗖——啪！

一个以完美的准确度和力度掷出的雪球击中了他，使得他的轮椅往后仰去。是布伦达的恒中球——永不融化，永不落空。

威廉的双腿跷到了他的脸上面，他试图抓住什么东西——随便什么东西——好阻止自己倒下去。他仰面倒在地上，但努力翻过身来，恰好看见布伦达举起了女巫的冰杯！

“不！不要！”他大喊。

　　"我已经拿到了，威廉。我会回到过去阻止自己偷那颗愚蠢的豆子！"她大叫着，冲向基座。

　　"别，布伦达！还有另一个办法！"威廉大喊——但是已经太迟了。

　　布伦达把杯子举到嘴边，开始将那闪光的液体倒进嘴里。

　　威廉连呼吸都停止了，他看着她喝光了整瓶药剂，扔掉杯子，捂着自己的头。

"噢，噢，噢！

太——太……

冰了！"

她抽着气，颤抖着，嘴唇因为药剂的魔法——或者其实是诅咒？——变成了蓝色。她摇晃着、颤动着，那冰冷的液体控制了她的意识。"这应该是

最——最——最强的一————————一次……

大——大——大——大脑

冷冻

了！"

她说。不知怎么地，她竟然承受住了，她站了起来。

禁地的上空聚集起危险的、阴沉的、涌动的、混合着黑色和深蓝色的巨大云朵，最后在喷水池上形成了一个旋涡。

"布伦达，不要！这样不安全！"威廉大喊，可是来不及了。一道冰冷的雷电从空中降下，以绝对的力量撕裂了结冰的水池。布伦达失去了平衡，她在基座上摇晃，无助地挥舞着双臂，直到清楚地知道，无论怎样她都会掉下去。

她深深地吸了口气，将目光投向威廉，就在这一刻，威廉看到她变了。她的眼睛里闪耀着他曾在冬季女巫的眼睛里见过的那种锋利的冰蓝色光芒。

他震惊地凝视着她。冬季女巫是将药剂混合着喷水池里的冰水喝下去的，而布伦达却是从玻璃瓶里直接喝下的纯药水——现在它已经占据并改变了她！

布伦达张开双臂让自己自由地落下，而威廉所能做的，只有眼睁睁地看着她跌进那时间永恒流淌的冰池里。

第二十五章

跟随布伦达

圣诞龙在威廉的轮椅椅背上径直推了一把，使得威廉直冲到喷水池边。他向里面望去。

"布伦达！"他叫唤道。可是没有任何回应。从外面看，那个大理石喷水池和之前没有区别，还是一朵雪花的形状，里面的水完全是冻住的。那戏剧化的雷电撕裂冰面，而他最好的朋友及某种意义上的继姐掉进时间的深渊像是他想象出来的画面。

"圣诞龙，我们得想个办法帮帮布伦达。"威廉

说。恐慌攫住了他的喉咙。

突然，有什么东西在他的口袋里拽了一下。

"什么东西……"威廉皱了一下眉。一个发光的小毛团浮升到空中。

"愿望！你在这儿做什么？"他盯着这个自己偷偷藏起来跟着他们来冒险的毛茸茸的生物说。

愿望轻盈地飞到喷水池上，它的愿望受体发出嗡嗡的振动声。威廉注视着那个可爱的魔法小毛团，而它仿佛也正兴奋地看着他。他可以看得出它正拼命渴望着用它的愿望受体接收一个愿望。而一个愿望在这种时候会非常有用！只是……

"我……我不能这么做！"威廉叹着气说。

愿望往下沉了一小截，它白色的光芒黯淡了一点。

"不是你的原因。只不过你也有生命，我不能忍受你出任何事！现在这混乱的情形是我们的错，我不能为了纠正错误就让你彻底消失。一定还有其他的办法。"威廉说。他小心翼翼地把愿望捧回手里，放置在他口袋里安全的地方。

圣诞龙闭上眼睛，努力思索着。思考肯定不是一只恐龙的强项，因此几秒之后，圣诞龙就被某样东西分散了注意力。那是一种气味。

"怎么了，龙龙？"威廉问。

恐龙张开了鼻孔，它把鼻子凑到雪地上，跟随着那种气味沿着喷水池走了一圈，然后坐了下来，自豪地摆起了尾巴。

"你找到了什么？"威廉满怀希望地问道，径直冲过去看。果然，在恐龙的脚边，有什么东西正支棱在柔软的积雪里。

"这是冬季女巫的冰杯！"威廉屏住了呼吸，"布伦达掉下去的时候落下了它。"

弯下腰去，威廉看到那杯子已经基本空了。只有一小口绝对零度的药水还留在杯底，旋转着，散发着美味的诱惑。

"一口也许就够了。"威廉激动地说。他小心翼翼地从雪里捡起杯子，是雪缓冲了它的坠落。"你知道这意味着什么吗？我们可以跟随布伦达回到过去，阻止她阻止自己——然后把事情弄得

更糟！"

圣诞龙发出一声类似在说"你确定这是个好主意？"的叫声。

威廉想了一会儿。"你是对的。"他叹了口气，说，"两个时间旅行者都去纠正一个错误不会得到一个好的结果！如果圣诞老人在这儿，他一定知道该怎么做。"

圣诞龙坐直了身子，激动地吱了一声。

"是了！"威廉叫起来，"圣诞老人！我们可以回到那天，平安夜，确保圣诞老人把他的礼物派送出去。只要孩子们继续相信，圣诞老人就能继续存在，然后他可以帮我们把布伦达带回来。他会知道该怎么做！"

圣诞龙叫了一声，跳起来。威廉深吸一口气，看向冰杯，那凝结的冰霜闪着光……或者是其中的魔法在闪光？忽然间，在杯底旋转的那口药水显得不那么诱人了，他别无选择，只能把它喝下去……

圣诞龙感受到了威廉的迟疑，叫了一声。

"好了，好了！别催我！"威廉说，然后他自己数起来，"一……二……三……"

他吞下了所有剩下的神秘的冷冻浆液，然后把杯子稳妥地塞进他睡袍的口袋里。

这儿也许并没剩下多少，但效果仍是立竿见影的。当药水占据威廉的大脑时，他脑海里的一切想法都停滞了。他摇晃着，颤抖着，一会儿仰起，一会儿蜷起，身体的每一块肌肉都在努力抵抗冰冻。威廉勉强把眼睛睁开一条缝，透过结冰的眼睫毛，他看见周围的世界是静止的，完全冻结了，雪花悬在空中，时间本身停止了走动，药剂起效了。

"飞，
圣诞龙！
飞！"

324

当圣诞龙冲向空中时，他屏住呼吸，抱住自己如遭重击的头。圣诞龙拉着威廉在空中绕了个大圈，然后一头扎进了女巫的喷水池中。

冰面飞裂开来，恐龙和它的乘客跌进了其中那神秘的世界。

他们在如纷飞的巨大雪花一般的无数时间碎片之间疾驰。威廉想为圣诞龙指引方向，但他几乎睁不开眼睛。他的眼球就像冰块一样粘在了他的眼皮上。来自过去的声音在他们周围回响……

"谁还需要圣诞老人！"

"叮当瓦特是什么东西？"

"欢迎来到精灵村！"

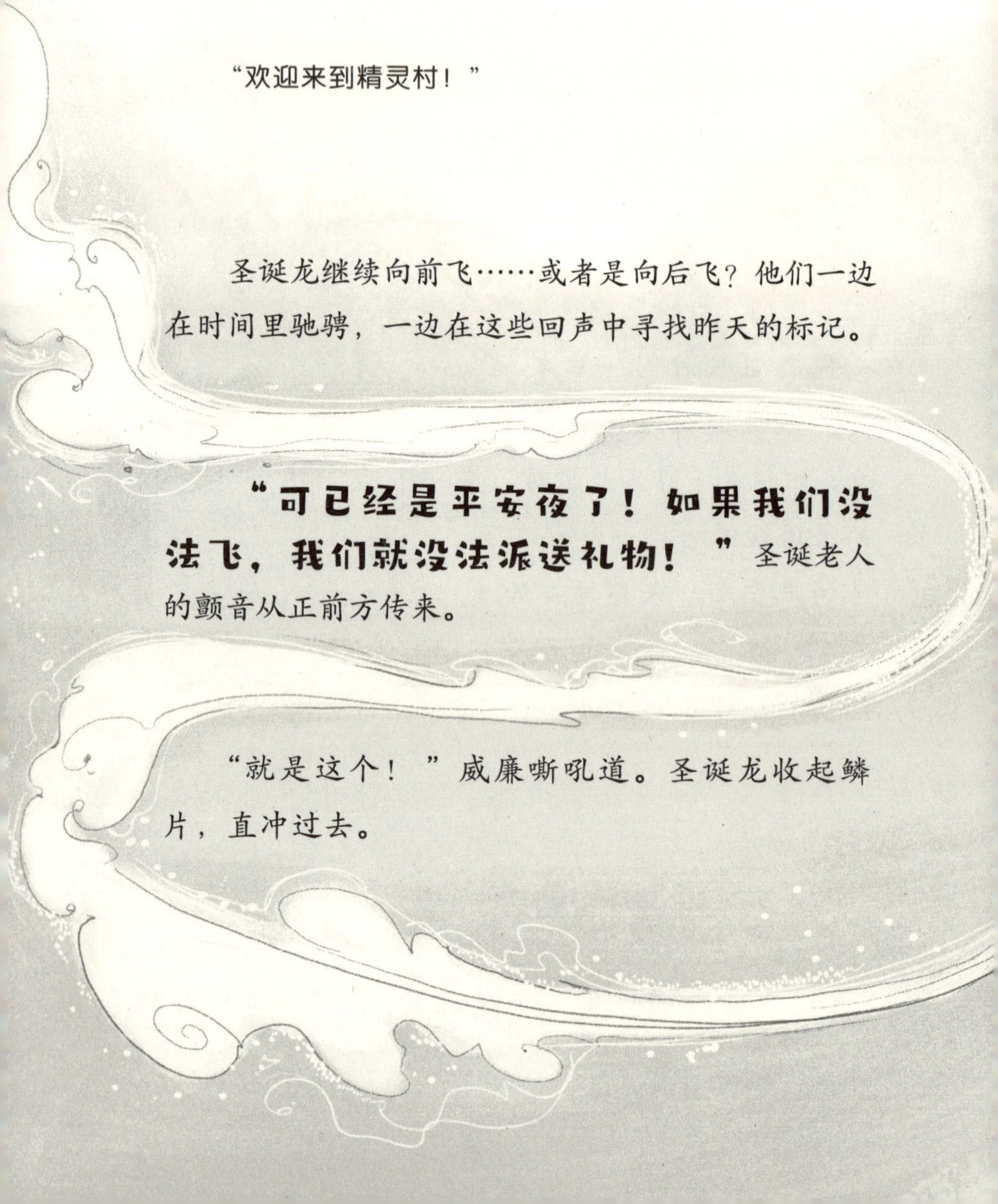

圣诞龙继续向前飞……或者是向后飞？他们一边在时间里驰骋，一边在这些回声中寻找昨天的标记。

"可已经是平安夜了！如果我们没法飞，我们就没法派送礼物！" 圣诞老人的颤音从正前方传来。

"就是这个！"威廉嘶吼道。圣诞龙收起鳞片，直冲过去。

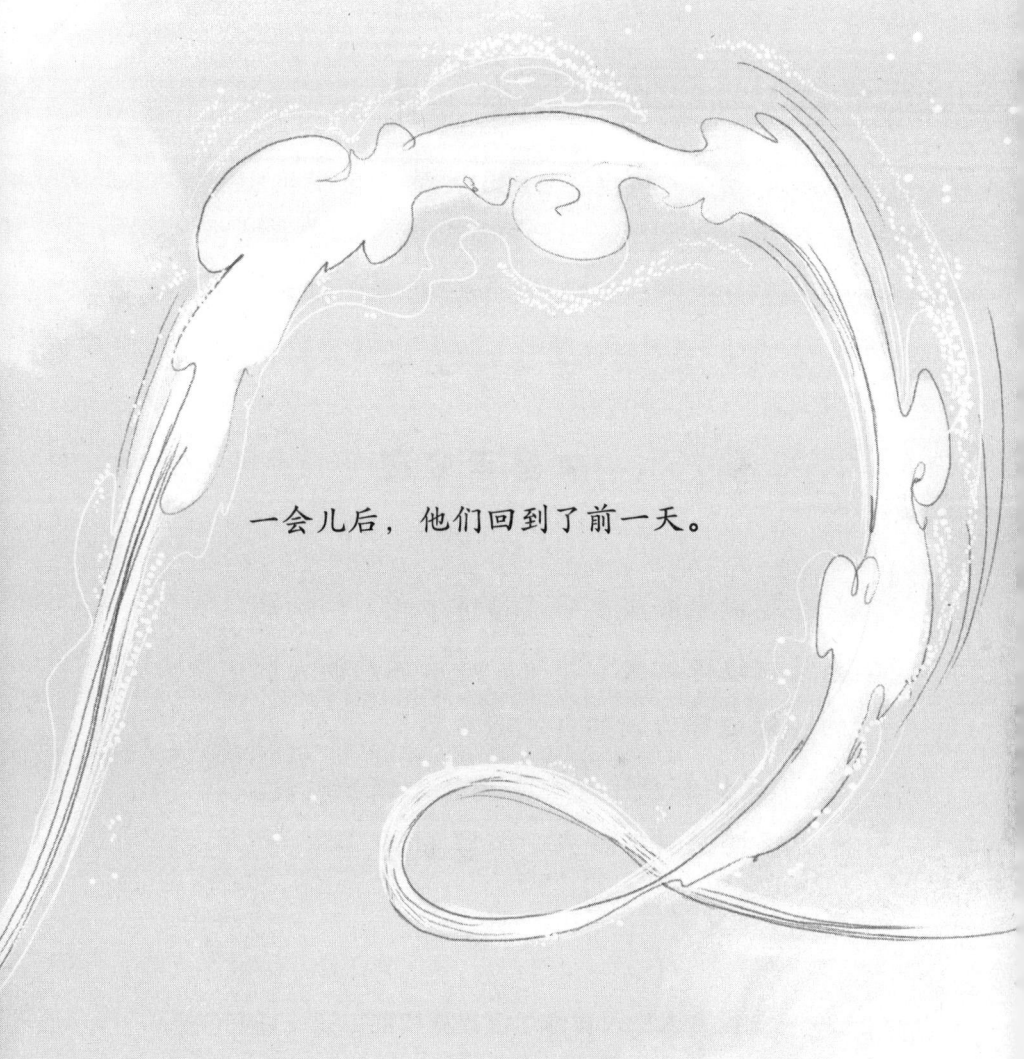

一会儿后，他们回到了前一天。

第二十六章

又是平安夜

圣诞龙和威廉一头撞进了昨天，嘭的一声落在精灵村边缘的大雪堆里。威廉冻结的大脑还是麻木的，他正努力调整自己的姿势。

"我们做到了吗？"他声音嘶哑地说。

圣诞龙叫了一声——**是的！**

"那我们得找到……"

"圣诞老人！只有你可以拯救我们，让一切归位！

因为你富有智慧，还勇敢无畏！

我们不会恐慌，或者绝望，

我们会帮你的雪橇飞到天上！"

一群半透明的精灵尖声唱着，从他们身边经过。

"跟着那些精灵！"威廉说，一边紧紧抓着他冻僵的脑袋。

圣诞龙冲过去跟着正匆匆忙忙向雪地庄园行进的他们。在一路的跟随中，威廉听到不断从四面八方传来担忧和恐惧的小小啜泣声，伴随着微弱的噗噗声。

噗！

噗！

噗！

他擦去在眼角结成的小小的霜，像眼屎一样，透过眼睫毛，他看见精灵们一个接一个地突然消失。

"我们是对的，圣诞龙——信仰不够了！所有人都在消失！"威廉说。他们非常着急找到圣诞老人。

逐渐减少的精灵们拼命靠着彼此，努力阻止他们亲爱的伙伴们消退，但威廉清楚这是无济于事的。毕竟他刚从未来的北极过来，在那儿所有的精灵都销声匿迹了！精灵医生和精灵护士们在路边的雪堤上照看着那些半消失的精灵们，而小仙子和愿望们飞向空中，想要逃离消散的命运——然而，当这世上的孩子都在平安夜将他们的信仰寄托在那些变异的豆子上，所有的魔法生物都在以惊人的速度消失。你无法逃离信仰的缺失。

"最后再检查一次雪橇，让它轻便点！"圣诞老人洪亮的声音在雪地上回响。圣诞龙向那边赶去，一边躲避着紧张慌乱的精灵们。

突然，圣诞龙来了个紧急刹车，威廉直接扑在

了它布满鳞片的尾巴上。

　　"嗷！怎么了？"他捂住他本就还冻着现在又被撞到的头说。

　　圣诞龙哀鸣着，缩起身子后退，像是见到鬼了一样。

　　威廉顺着他的目光，看到了圣诞龙。不是他的圣诞龙，是另一只圣诞龙！

也是圣诞龙！

两只圣诞龙！

那是过去的圣诞龙，昨天的！

"没关系的！"威廉说。他意识到要对一只恐龙解释清楚时间旅行这回事可能不那么容易。"他不过是平安夜这天的你。"他安抚地拍拍圣诞龙。他们看着那只焦虑的蓝色恐龙在圣诞老人的注视下和精灵们一起给雪橇做安全检查。

"我们只有这一次机会！无论如何我们都要把这些礼物送到孩子们手里，否则我们就都完蛋了！"圣诞老人以盖过一切混乱的声音大喊道，可是太迟了。接收到他指令的精灵们都在

消失……

消失……

不见！

"驯鹿们，现在就看我们的了！我们得——噢，不！"圣诞老人看着他的雪橇前空空如也的挽具，几瞬之间他无与伦比的神奇飞鹿都还站在那里。

"我们来不及了。"他取下手套看着自己透明的手喃喃低语道。

过去的那只圣诞龙跳到圣诞老人身边，它还散发着蓝色的光芒，并没有任何会消失的迹象。

"圣诞龙，看看你！你是仅剩的一个了！对，你的威廉永远相信你。"圣诞老人悲伤地微笑着，拍了拍圣诞龙的头。突然他吸了口气。"我想到了！就是这样！"他吼道，"圣诞龙，飞去找威廉，以你最快的速度。告诉他我们需要帮助！把他带到这儿来，让他看看这里发生的事。那孩子是我们唯一的希望了！"

昨天的圣诞龙立刻驰向天空，离开了荒漠般的北极。

"快飞！乘着风尽情地飞！"圣诞老人目送他呼啸而去，大声说道。

"我们过去！"威廉对圣诞龙说。后者还处在

看见过去的自己的些许震惊中。

"圣诞老人！"威廉一边冲过去一边喊道，"我们从明天过来了！"

圣诞老人看起来非常困惑，于是威廉深吸了一口气，以最快的速度解释了事情的经过，好赶在圣诞老人突然消失之前。

"圣诞龙在圣诞节的早上找到了我，但当我们赶到这里时，所有人都已经消失了，然后布伦达喝下了冬季女巫的药剂，现在她不知去了什么时候，想要阻止过去的自己从我这儿偷走圣诞豆，那样的话她那个糟糕的爸爸（绝对是'淘气名单'上的人！）就没法要求一棵和你那棵一样的魔法圣诞树，也就没法把那些魔豆卖给孩子们，就是那些豆子导致这一切的消失，不过幸运的是圣诞龙嗅到了女巫的高脚杯，我就喝掉了里面仅剩的几滴药水，然后冻结了时间，让我们能飞过来到了昨天，也就是这里的今天，所以我就能帮你派送礼物，这样的话当孩子们醒来看到圣诞老人送给他们的圣诞礼物，就会重新相信你，而你就能继续存在，然后你就可以

帮我们把布伦达找回来！"威廉精疲力竭地呼出一口气，瘫倒在他的轮椅里。

"对不起，威廉，恐怕我的耳朵已经消失了，我一个字也没有听到。"圣诞老人抱歉地说。

就在威廉的这一长段解释中，圣诞老人的消退速度飞速地加快了，他突然变得几乎要看不见了。

"圣诞老人？"威廉倒吸了一口气。

"哦，亲爱的，威廉，看起来我正在消失。"圣诞老人的红色天鹅绒外套变得像冰一样清澈，"在我离开之前，我必须要提醒你关于冷冻你的大脑的事。这很不安全，威廉。它给一个人类带来的后果可能是毁灭性的，尤其是对一个孩子。瞧瞧我对冬季女巫做的事！我真的很抱歉。我从来不想让这些事发生，任何一件都不想。但这是唯一的办法……"

"什么唯一的办法？"在圣诞老人试图伸出他的手时，威廉追问道。可他只抓住了拂过白雪的一缕薄雾。

然后连那薄雾都消散了。

轻轻的砰的一声传来。威廉低下头，看见圣诞老人的信仰仪在雪地上闪着光。这是唯一留下的东西。圣诞龙弯下身子，用牙齿把它衔起来。

"不，把它留在那儿。等我们明天回来时，我们会把它捡起来，记得吗？"威廉说着，从他睡袍的口袋里拿出一模一样的那个信仰仪给圣诞龙看。"现在怎么办？"

圣诞龙耸了耸肩，像是在说"我怎么会知道，我只是一只恐龙"，然后把它覆满鳞片的头靠在停在他们前面的闪亮的红色雪橇上。

"对！"威廉大叫道，"我们得去派送礼物。我和你！"

圣诞龙跳起来立正站好。它已经准备好行动了！然后它把头伸向那一排毫无生命地躺在雪地上的空挽具里，那原本是驯鹿们的位置。它紧张地咽了一下口水。这次没有驯鹿帮它一起拉雪橇，也没有圣诞老人掌握方向。圣诞龙得完全靠自己。

"我知道这不容易，但我也知道你能做到，圣诞龙！我相信你。"威廉对他的朋友说。圣诞龙昂起头，晃了晃，将迟疑都甩掉。

"我们还需要一样东西。"威廉补充道。他从口袋里掏出冬季女巫结冰的高脚杯。现在是平安夜。时间还在走，只有一个办法让它停下。他们需要将时间冻结一会儿，而要做到这点……

"快，我们得去厨房！"威廉说，而圣诞龙马上舔了舔它的嘴唇。"不，不是去吃东西的！我们

需要更多冬季女巫的药剂！"

圣诞龙立刻行动起来。它拉着威廉飞过精灵村外的桥，越过流淌着肉馅派的馅的河流，穿过糖果山洞，经过图书馆和电影院，滑过过山车轨道，来到雪地庄园。它一刻也没有停歇，直到他们来到空无一人的厨房。

没有了闹哄哄地忙着烤土豆和给小圆烤饼抹黄油的精灵们，这里显得有些诡异，但威廉没时间担忧或害怕。

他一把拉开冷冻柜，直直地盯着刺眼的白光。

"**看！**"他指向放在冰汽水和小鱼条中间的一个小小的玻璃容器，"是绝对零度的冷锅。"

圣诞龙也看向那里面，看到了埃里夫冰冻的火焰，它仍在燃烧着，就像那个脾气暴躁的雪仙是在熬煮这批大脑冷冻汤的半途中消失的。

"但这看起来不太妙。"威廉倾身过去看着冷锅里还在冒泡的黑色液体说，"我不觉得他已经做好了！"

圣诞龙惊慌地叫了一声。他们需要再次冻结时间，而且要尽快。他们不会再有其他机会了！

339

"原料是什么？"威廉在他的大脑里搜寻着，试图回忆起绝对零度说的话……

一点柠檬冰糕，一片覆盆子波纹，

最后，一种神秘成分，让它们

比世界上任何一种液体都冰冷……

"一点点北极的冰片！"威廉高兴得叫起来，吓得圣诞龙一跳。"我们需要冰，外面的冰！**走！"**

圣诞龙如一道了不起的蓝色闪电一般冲出门去，不过几秒又冲了回来，衔了一嘴冰棱。

"完美！"威廉说着，把它们碾碎，投进了冒泡的混合物中。

那液体顷刻间活了起来，转化为一种明亮的、旋转的蓝色。威廉拿起那口冷锅，将新熬好的药剂倒进冬季女巫的冰杯，准备喝下去。

"现在让我们回到雪橇上。"他说。圣诞龙咬住它嘴里的跳绳缰绳，将威廉带回那个奇妙的交通工

具上。

威廉停在金色闪亮的雪板旁边，飞快地从斜坡登上雪橇。而圣诞龙将空闲的驯鹿挽具移除，只留下它自己的一个，将头套了进去。

威廉毫不迟疑地将冰杯拿到嘴边，但就在他准备喝下药水时，圣诞龙发出一声巨大的

嗷——！！！

威廉差点把药水全倒在身上。

"怎么了？"他问。

圣诞龙跺着脚，对着药水嚎叫着。威廉瞬间就明白了它的意思。

对一个孩子来说太危险了！

"我听到圣诞老人说的了。我知道这对我来说很危险。但我们没有别的选择了。"威廉回答他说。

圣诞龙又叫了一声。

"你？你要喝这药水？"威廉复述道。圣诞龙自信地点了点头，对着威廉张开它那巨大的嘴，等

着他把那神奇的大脑致冻药水倒进去。

威廉思索了一下。圣诞老人说过这药剂对人类很危险，尤其是对孩子——但他没说过对恐龙会怎么样。而圣诞龙在被精灵们发现之前在它的蛋里被冷冻了数百万年。如果有谁能对抗大脑冷冻的话，那只会是它！

威廉飞快地将药剂倒进他披着鳞片的朋友那大张的嘴里，后者一口吞了下去。

"怎么样？"威廉问。他一边将空掉的冰杯塞回睡袍的口袋，一边等着魔法产生效果。

圣诞龙摇摇头。**什么事也没有！**

"好吧，好吧，再等等看！也许在恐龙身上发生效力的时间得长一点。"威廉说。

突然，圣诞龙蓝色的眼睛瞪大了。它颤抖着，摇晃着，然后伸直了它覆满鳞片的后背。药剂控制了它。

"起作用了！让它冻住你的意识！"威廉大声喊道。恐龙眯起眼睛扭动起来，仿佛它的脑袋正在被冻住。随后它的冰鬃毛发生了威廉从未见过

的事。

它们散发出光芒。

威廉看着他无与伦比、世间唯一的恐龙朋友变得更加神奇了。不再是以前的微微发亮，它现在浑身每一片鳞片都散发着一股明亮的蓝色光芒。

"哇哦！"威廉说，"太酷了！"

圣诞龙看着自己的身体，兴奋地叫了一声。

"而且，看！"威廉指着头顶的天空喊道。

在大脑冷冻的作用下，环绕着他们的夜空也冻结了。雪花无知无觉地悬在半空中，他们周围静得一点声音也没有。

时间冻结了。

威廉看了一眼雪橇里巨大的一袋袋的礼物，它们全被莫名的魔法压缩了（是最好的那种魔法！）

"现在怎么说？"威廉对圣诞龙说，"我还从没这样飞过！"

圣诞龙叫了一声，于是威廉坐到了它旁边。在

这里他发现圣诞老人的留声机已经就位了，正停在圣诞老人最喜欢的那首歌上。他连忙笨手笨脚拨动唱针，想把它卡进唱片槽里。

"愚蠢难搞的老东西！难怪它们已经绝迹了！"他说。细小的唱针终于落在了它该在的地方，愉快的圣诞歌飘荡到空中。

"搞定了！"威廉喊道。他感觉到雪橇随着音符跳动起来。

恐龙深吸了一口气，一口冰冷的空气，等威廉抓住缰绳后，它开始动了。

"快一点，圣诞龙，再快一点！"威廉大喊。圣诞龙将它发光的蹄爪刨进雪地，跑起来。它先是小跑，然后慢跑，不知不觉中，它就拖着雪橇在精灵村微小的街道上空飞驰起来。

"哇哦！"

当雪橇在空中几乎是擦着脆弱的、精灵用雪砌成的房屋呼啸而过时，威廉尖叫起来。

风暴在上方冻结的天空中涌动。在刮过来的旋风中，圣诞龙跳到了过山车的轨道顶端，雪橇紧跟在它脚后跟后面。

他们先是一落千丈，为雪橇注入了一剂高速。然后他们迅速地通过了大回旋，威廉紧紧地握住缰绳，接着雪橇直冲向最后那道斜坡的终点。

"我相信

你——！"

威廉嘶吼着，他发光的恐龙伙伴如火箭般冲向天空，速度比威廉见它飞过的任何一次都要快。

第二十七章

未来的超级吝啬鬼

威廉和圣诞龙像一枚蓝色的流星划过天空，他们下方的世界还沉睡在冰冻的梦境里。

忽然，悬停在他们身边的雪花开始闪耀着红光。

红色的雪花？这太古怪了。威廉暗自想。他稍稍往雪橇外探出身体想看得清楚些，这才发现那些雪花是映射了雪橇的红色，雪橇整个亮了起来，像一棵圣诞树上巨大的彩灯。

"为什么雪橇会发红光？"威廉大喊。圣诞龙冲着下方的屋顶吼了一声。

孩子！

威廉意识到雪橇是在告诉他这儿下面有孩子在等着礼物！

"我们下去！"威廉指着他们下方的城镇说。圣诞龙盘旋着往等待的屋顶降落。

"我相信你可以自己着陆。我相信你可以自己着陆。我相信你可以自己着陆。"在他们以令人担忧的距离飞速从林立的烟囱间穿过时，威廉紧张地碎碎念着。

圣诞龙看中了前方一个干净的屋顶，径直向它飞去，威廉拼命地抓紧手中的缰绳！他们的第一次着陆有一点小颠簸，这也是意料之中的，还有，是的，他们撞翻了电视天线、电话线、两幢相邻房屋之间的连接瓦，以及一个卫星锅，不过，考虑到每年都要这么来一次，威廉觉得不会有人在意的。重要的是他们着陆了！

"接下来怎么办？"威廉问。

耀眼的恐龙从它的挽具里滑出来，跑到雪橇边来帮忙。它拉开巨大的口袋，露出里面似乎无穷无尽的玩具。威廉看见其中一件礼物正微微泛着红光，就像雪橇一样。他把它拿了出来。

　　"这一定就是住在这儿的那个孩子的。"他边说边把礼物递给圣诞龙，圣诞龙小心翼翼地用牙齿叼住礼物包装上的缎带。

　　"可我们要怎么从这根烟囱下去呢？"威廉说。他觉得挫败不已。

圣诞龙看看细小的烟囱，又看看威廉。他们都见过圣诞老人神奇地将他身边的世界扩张，然后他就能毫不费劲地滑进人们的家里。

　　"没有圣诞老人我做不到！除非……"

　　"除非我们换一种稍微有些不同的方法。我的意思是，重要的是孩子们拿到他们的礼物，而不是在哪儿拿到他们的礼物！对吗？"

　　圣诞龙叫了一声，连连点头，它身上闪闪发光的冰鳞片也跟着叮铃铃地响。

　　"圣诞节是让大家聚在一

起的节日，所以我们应该把礼物放在一个全新的地方，一个所有人能一起发现它们的地方！"威廉一边说，圣诞龙一边点头。"就放在前门的台阶上！"

圣诞龙欢快地摇着它发光的尾巴，立刻从屋顶跳了下去。它回来的时候脸上带着超级大的笑容。

威廉突然觉得他睡袍口袋里有东西在发热。他把手伸进去摸索了一下。不是冰杯，也不是他的愿望。是圣诞老人的信仰仪！当他把它掏出来时，它就像一杯热巧克力一样，在他的手指间暖烘烘的。

"看！"威廉屏住呼吸看着那道红线上升了一小格。

"起作用了！我们派送的礼物改变了未来。等到圣诞节的早晨，当佩恩先生那些可怕的豆子出错时，这件礼物会出现在那个住在这儿的孩子面前。在这个地方，有这个孩子，仍然相信着圣诞节，信仰仪就是证明！"他骄傲又激动地说。

头顶上空，一道惊雷在无尽的时间风暴中响起，伴随着它，出现了一道深深的裂缝，就像那冰冻湖面上的第一道裂痕。

"已经派送了一件礼物了。我们最好赶紧继续！"威廉说，"你觉得我们能不能不降落，把它们都放在门口？"

圣诞龙向着天空昂起它冰冷的头，发出一声吼叫，点亮了它的冰鬃毛。几瞬之后，他们再次飞驰在空中，而威廉挎着一个打开的装满玩具的大袋子，当他们接近预计的目的地时，那些玩具就会泛起红光。

圣诞龙俯冲下去，在花园和车道上低飞，雪橇那金色的雪板差点擦到车子和篱笆！

"迈克尔·马克斯维尔！"威廉先看了看标签，再把泛光的礼物精准地扔到下面的前门台阶上。"杰玛·格罗萨特、钱德拉·乔杜里……"

嗖！

啪！

砰！

礼物们落在一条条街道一排排的房屋和公寓门口，漂亮的发光的红色盒子排成一行，让信仰仪持续嗡嗡地发热。

在投掷了十条街的礼物后，威廉已经掌握了窍门，他现在像一名投篮高手。

"这应该是有用的！"他一边说着，一边把手伸进袋子去摸下一件礼物。

"嘿，没有发光的礼物了！"他叫道。当他把手从袋子里拿出来时，他发现雪橇也发生了变化。它不再闪烁着红光——它发出了绿光！美丽

的、闪亮的圣诞树一样的绿光。

"下一座城镇！"威廉高喊道。他意识到这是雪橇在告诉他这座镇子的礼物都已经派送完了。圣诞龙在他的喊声中直冲向天空，前往下一站。

当雪橇再次开始发出深红色的光时，他们下降到街道上，威廉坐在雪橇上将礼物分发出去，然后他们又一次飞入冰冻的夜空。

威廉和圣诞龙动作迅速地飞过一座又一座城镇。身前是冰蓝色的圣诞龙，身下是交替着闪着红绿光亮的雪橇，他们呼啸着越过没有风的森林、没有浪的海洋，这一切太过美丽而神奇，以至于威廉要不断地提醒自己，未来的圣诞节还依靠着他们！

就在一座小城市的街灯向他们靠近，而雪橇

又一次闪着红光时，威廉注意到一些事情。

"圣诞龙，这里是在下雪吗？"他大声说。

圣诞龙放慢了一点速度，一朵雪花刚好擦着它的鼻尖落下。

威廉倒吸了一口气。时间开始解冻了！

雪花并不是按它们常规的速度飘落的，它们移动得非常缓慢，像是时间刚开始考虑重新转动。

"你的大脑冷冻！别让它失效！"威廉大喊，圣诞龙以叫声回应了他。圣诞龙深深地、长长地吸了几口 12 月冰冷的空气，而每当它吸一口气，他全身鳞片发出的光就会更亮一些。

"起作用了！我们继续！"看到圣诞龙大力重启了它的大脑冷冻，威廉喊道。突然间，一串如冷冻电力一般的蓝色火花蹿上圣诞龙覆着鳞片的背脊，它的意识重新冻结了。

雪橇被重新注入了能量的圣诞龙拉得往前猛地一冲。威廉抓住雪橇金色的扶手，但又很快松开来！

"嗷！"他说。有冰在他的手掌上燃烧。金属扶手的温度远低于冰点。威廉无法想象圣诞龙是怎么应对这么强劲的大脑冷冻的。

担忧在威廉的胸膛里蔓延。他的脑子里蹦出两个问题。

冬季女巫也是这样开始的吗？

如果在圣诞龙身上都这样，那布伦达会要经历什么？

雪橇忽然又把静止的雪花映成了华丽的红色。他们环绕了一座又一座城市，巡游了一片又一片大陆，穿过了一个又一个国家。随着时间的推移，他们成了圣诞精神一股不可遏制的力量。威廉感受到伴着快速攀升的未来的叮当瓦特值，信仰仪几乎在他的口袋里跳动起来。

威廉看向最后一袋礼物，袋子里也几乎要空了。

"我想只剩一个镇子了！"当无与伦比的雪橇最后一次亮起光芒，他对着圣诞龙喊道。

"我们**走——！**"圣诞龙伴着威

廉的叫声俯冲向下一个礼物投递站，可在他们到

达那些房屋前，他们上空的云层裂开来，露出了

时间风暴旋涡。

"那是什么？"威廉指着那个从开口处可以看

到的时间旋涡说。

一连串的闪电划过天空，在它们的强光下，威

廉看到……

一个巨大的公司总部顶着一个发光的标志，上

面写着"**佩恩玩具**"。

　　浓厚的黑云从一个污染严重的发电站的两根大烟囱喷出，形成两个巨大的字母"PP"，下方显示着"佩恩电力"。

　　一栋高大的建筑，挂着"佩恩娱乐"的招牌。

　　一架飞机飞过，尾翼上印着"佩恩航空"。

一列载满了尖叫的孩子的过山车出现在名为"**佩恩乐园**"的主题公园里。

"**佩恩出版**"。

"**佩恩总统**"。

"佩恩勋爵"。

"国王佩恩"。

"巴瑞·佩恩：全世界最有权力的人"！

"不！"威廉倒抽了一口凉气。他意识到这些闪现的景象来自未来。一个巴瑞·佩恩还是会成为拥有至高无上的权力的、推行圣诞禁令的超级吝啬鬼的未来！

"我们得继续！"威廉大声对圣诞龙说，"我们得把它们全都派送完！我们需要全部孩子的信仰。这是唯一的办法！"

然而，就在他们要继续飞行之时，一道神秘的冰蓝色抓住了他们的目光。有一个人正呼啸着在那些未来的闪电里穿行，一头扎进其中一个，又出现在另一个，像是有多个分身同时出现在所有的时刻里。

威廉突然想起布伦达所说的。

她永远在你身边。现在、未来、今天、昨天、明天。她时时刻刻都在！

冬季女巫！ 威廉想到——可就在这时，他听见了一个熟悉的声音……

"爸爸，你做了什么？"

布伦达！她在未来的某处！威廉在云层间搜寻

着那些影像，终于，找到了她的面容，是布伦达……她变了。不仅是她的眼睛发出冰蓝色的光芒，她的皮肤也变成了浅蓝色，带着微微发亮的霜雾。

"布伦达？"威廉大喊。可是她在各个时刻间跳来跳去，从一道时间的霜线穿到另一道，造成了另一条深深的冰裂。

"圣诞龙，她在穿越时间的雪花！她在试图回到过去改变她所做的事！我们得阻止她——这太危险了！"威廉说，"圣诞老人说过时间就像是不同的霜线形成的雪花，而在它们之间穿行使得冬季女巫变成了她现在的样子。我们不能让布伦达也变成那样！"

圣诞龙赞同地叫了一声，立刻垂直冲向天空，将威廉和雪橇拉入云层。这只发光的圣诞龙用尽全力拉着雪橇对抗着暴风雪，它像飓风中的风筝一样摇摇晃晃，但他们不能放弃。他们要拯救布伦达。

"我什——什——什么也看不见！"威廉大喊着。四周一片苍白，只有各种声音在回荡。

"谁还需要圣诞老人！"巴瑞·佩恩在未来轻蔑地说，"再也不会有圣诞节了！"

随即，一道蓝光映在圣诞龙的鳞片上，威廉又看见她了。

"布伦达！"他大叫着从她冰冻的雕像边冲过去，转眼就错过了。

威廉正要拉着缰绳转回去找她，但圣诞龙叫了一声，因为布伦达又突然出现在他们前方，冻结在另一个时刻里。

"布伦达，你必须停下！"在风暴将他们带走时，威廉尖叫道，可她已经在过去了。

他还没来得及让圣诞龙转回去，一阵风就猛烈地扑在雪橇的一侧，推着雪橇打了个旋。

"哇哦！"威廉大叫。他拉紧他的安全带，以避免自己在雪橇翻过来时掉下去。

风暴一会儿把他们拖向这边，一会儿又把他们拽向那边。在他们被拉着打转时，冰和雪不断地拍在威廉和圣诞龙身上。这股力量对圣诞龙来说太强

了——即使是八只驯鹿在也难以抵抗时间之风。

"我快抓不住了！"威廉在他们转着圈时大叫道。

圣诞龙把它的头从缰头里退出来，转向威廉，要在他们被吹散之前撇开雪橇去救它的朋友，可是在它抓住威廉之前，一股强风将他们从风暴中吹了出来……

雪橇被迫降落在一条安静的、白雪皑皑的街上。它的雪板重重地砸在沥青路面上，溅起一串火花，撞得威廉被迫松开了手。他被抛到空中，飞向与雪橇和圣诞龙相反的方向，然后重重地摔在地上。他的安全带弹开了，他跌倒在冰冷的、白雪覆盖的人行道上。他的轮椅倒在一边，正好避过了他的头，眨眼间，一切静止了。

"**哎哟……**"威廉呻吟道。

幸运的是，地上的积雪稍稍减缓了他落地的冲力，但在时间风暴中旅行时从一辆失控的雪橇上摔下来还是很痛的！

他花了一点时间才恢复过来，然后想把他的轮

椅扶正，然而他冻僵的手指滑开了，他又跌了下来。

"噢，我的天哪，让我帮帮你。"一个友善的女声在他头上响起。一个女人先把他的轮椅扶起来，拂去坐垫上的雪，又弯下腰来帮威廉坐上去。他一屁股坐下，感到尴尬又挫败。

"这样……好多了。你还好吗？"那女人微笑着问道。

威廉抬起头，一瞬间他的心跳都停止了。

不是因为时间又被冻结了，而是因为他看见了他妈妈。

第二十八章

永久冻结

"你还好吗？"威廉的妈妈问他。

威廉已经呆住了，他什么话都说不出来。

"你一定摔得很厉害。这么晚了你一个人在干嘛？"她又说道。

"我——我——我……"

所有的话语都塞住了。威廉干脆什么也不说了，只顾盯着他的母亲。她的眼睛是褐色的，和他的一样，头发比他在照片上看到的短一点，但他喜

欢这样。她穿着一件漂亮的外套和一双闪亮的鞋子，威廉觉得像是那种去参加派对时穿的。

"你不说话是因为我是一个陌生人而你不会跟陌生人交谈吗？这样是对的，是很聪明的做法。我叫莫莉。"他妈妈说着，伸出了她的手。在威廉正打算伸出自己颤抖的手去握住它时，她却突然缩回去放在嘴边吹了声口哨。

这很孩子气，但这出人意料的举动却让威廉笑出声来。

"这样就好多了！"莫莉笑着说，"现在你知道我的名字，我就不算是陌生人了。让我送你回家吧。你是住在附近吗？"

在他们掉下来的时候威廉都没留意他们落在了哪儿。原来离他家那幢摇摇晃晃的房子只有几条街的距离——不过这是在过去，而且威廉记得他爸爸妈妈在结婚之前并没有搬进那幢房子。他沉思着，想判断出他妈妈现在是多大的时候，他们那幢不牢固的房子说不定还不是他们的！

他本打算说不是，但出于某些原因一开口就变成了："是的！我就住在离这儿几条街的地方。"

"那就带个路吧。我来送你回家。"她微笑说着，站到一边，等着威廉先行。

"今天是几号？"威廉问，他想要弄清自己落在了哪一年。

"几号？"莫莉大笑起来，"你一定知道今天是几号！"

威廉不知道。

"好吧，今天是平安夜啊！大日子！所以你应

该待在家里，等着某些到访，如果你明白我指的是什么的话。"她眨了下眼睛，"只要你是好孩子。你是好孩子吧？"

"我之前犯了几个错误，但我今天晚上正努力弥补。"他说。

"没关系，纠正错误的时间总是足够的。"

他们陷入了沉默，安静地走在街上。威廉想找出些别的话题。"我，呃，我喜欢你的鞋子。"他害羞地说。

"谢谢！我正要去赴个约。事实上，这是我的第一次约会！"莫莉微笑着说。

"约在平安夜吗？"威廉问。

"是啊！他非常痴迷于圣诞节，所以我给他准备了一个惊喜。"

她把手伸进口袋，掏出了一个美丽的雪花水晶球。

威廉的心跳加速了。他瞬间就认了出来。那里面有一个看起来很舒适的、手工雕刻的小木屋。这是他爸爸每年圣诞节都会拿出来的那个水晶球。

威廉的妈妈在他们第一次约会的时候把它送给

了他爸爸——而鲍勃这么多年一直留着它！

接着他的心跳得更快了：他妈妈这是在去见他爸爸的路上！

"这是我自己做的。你觉得他会喜欢吗？"

"他会爱不释手。"威廉微笑道，又突然意识到这听起来一定很奇怪。他怎么可能知道一个刚遇到的陌生人的男朋友会喜欢什么呢？"我的意思是说……如果我是他，我会很喜欢的。"

莫莉把水晶球塞回口袋，狐疑地瞥了威廉一会儿，当他们走到街拐角时，她轻声地笑起来。

这是个神奇的夜晚。星星在头顶清冷的、平安夜的天空中闪烁。房子里看起来都很温暖，被圣诞树点亮的窗户散发出邀请的信号，附近的街道传来微弱的颂歌声，成为他们这段路途的伴奏。

威廉什么也没想就把他们领到了他家那幢房子前。它和威廉在的时候一样，没显得那么不稳固，排水管上的漆是刚刷的。尽管如此，还是他的家。

只不过——不是这会儿！现在还是别人住在这里，威廉不可能进得去。

"呃，我到了。"当他们的脚步放缓，威廉紧张地说道，然后停在了一张不那么扭曲的大门前。

莫莉看着那幢房子。它只有这条街上其他房子的一半那么大，但有一些很吸引人的地方。"看起来很不错。"她微笑道，"温暖舒适！你很幸运！"

"是啊。不过现在有些挤了，因为不只我和我爸爸住了。"

"噢？"莫莉说。

威廉顿住了。他不能把她丈夫的未来告诉她，可她用她那美丽、善良的眼睛看着他，又使得他想把一切都告诉她。

"现在住着我、爸爸、他的新女友，还有她的女儿。"

"我明白了。"莫莉微笑着看着他，"那你喜欢她吗，你爸爸的新女友？"她靠着墙，随意地问道。

"哦，当然，帕梅拉很棒！我的意思是，要习惯于有这么多人住在我们的小房子里是感觉有些奇怪，而且一开始她非常讨厌圣诞，所以她也花了一点时间适应。"

"讨厌圣诞？记得提醒我千万不要介绍她同我今晚要见的那个男生认识。他会让她头疼不已的。"莫莉翻了个白眼说。

"是啊，他确实会！"威廉笑起来，"我的意思是，如果他们碰到一起的话，他确实会……"

他们同时停顿了一下。

"好吧，也许下次你觉得你的新家有些奇怪的时候，可以想想她可能也同样觉得奇怪。"莫莉简单地说。

"我——我从没这么想过。"威廉说。而他越这么想，就越觉得这是事实。他从未停下来想过，帕梅拉是否也和他一样，觉得要适应他们的新生活很难。

"我觉得你该进去了。我猜你爸爸和帕梅拉一定非常担心你这么晚了还在外面，何况这还是平安夜。"莫莉冲着前门颔了颔首，说。

在她帮他拉开大门时，威廉叹了口气。

"圣诞快乐……等一下，你还没告诉我你的名字呢。"莫莉说。

"威廉。"他带着微笑说。

"威廉，"她说，"好名字。"

"谢谢你陪我走回家。"威廉说。他想也没想地张开了他的双臂，想要拥抱她。

莫莉没有犹豫。

当她的手臂环绕着他时，威廉开始后悔将他找到的全部药剂都倒进了圣诞龙的嘴里：如果可以，他想将这一刻永久冻结。

然而，生命中所有最美好的事物都有结束的一刻。

当他们松开彼此，威廉感觉有什么东西从他的睡袍口袋里滑出来，掉在了人行道上，发出一声响亮的 **"叮"**！

"这是什么？"莫莉问。

从响声上判断，威廉可以肯定不是那只毛茸茸的愿望，他于是开始转动脑筋想如果掉出来的是圣诞老人的信仰仪他该怎么解释。

可是，当莫莉弯下腰去把东西捡起来，威廉发现既不是愿望，也不是信仰仪，而是冬季女巫的冰杯。

只不过它现在不是冰冻的了。而且它看起来不是一只高脚杯了。

或许是因为信仰仪的热度，或者是被愿望的绒毛覆盖，不管是出于什么原因，那些闪亮的冰柱融化了，厚厚的霜也解冻了，露出了一个无比美丽的、闪着蓝色微光的茶杯，把手是一朵雪花的形状。

威廉屏住了呼吸。

他不敢相信自己的眼睛。他的妈妈有一个一模一样的杯子。就是帕梅拉总是不小心用到的那个！

"哇，真美。"莫莉欣赏着手中漂亮的茶杯，"这是谁的？"

"你的。"威廉想也没想地说。

"我的？"她皱起眉。

威廉的心跳快了起来。这是事实。这本就是她的杯子。在他长大的过程中，他一直可以在厨房里看到它，他见过他爸爸在感到寂寞时用它喝茶，也记得自己多么舍不得扔掉它。

"是的。这是圣诞礼物……我——送你的。"威廉对她说。

"你真好，但我不能收下这么漂亮的东西。"莫

莉把茶杯还给威廉，说道。

　　"不，这就是你的。我坚持！你就当是谢谢你送我回家。"他微笑着说。他知道自己在做正确的事情。

　　莫莉看着她手里那个华丽的杯子。

　　"好吧，如果你确定的话。"

　　"百分百确定！"威廉咧开嘴笑了。

　　"这样每当我喝茶的时候我都会想起你的。"她带着微笑说道。威廉在那一刻感到了前所未有的幸福。

　　"好了，该走了。圣诞快乐，威廉！"莫莉在离开前向他挥了挥手。

　　"圣诞快乐……"威廉在她身后喊道，"妈妈。"

第二十九章

迷失在时间里

威廉看着他妈妈消失在拐角，心脏被幸福感涨得发疼。这是他从未经历过的感受，像是他一直缺失的某个部分终于被填补了起来。

突然间，一声吼叫打破了夜晚的宁静。

"圣诞龙！"威廉倒抽了一口气，想起了他们的坠落。他以最快的速度回到他们落下的地方，在那里发现闪着魔法的微光的雪板痕迹交错在道路上。它们一路延伸到对面的人行道，然后消失

在公园的绿色栏杆上一个宽大凌乱的缝隙里。

"圣诞龙！"威廉叫道。一个叫声立刻回应了他。他小心地走进黑黢黢的公园，没多久就看见圣诞龙正用它的牙齿把沉重的雪橇拽出灌木丛。

"你在这儿呀！"他笑着说。圣诞龙靠过来，动情地舔着威廉的脸。"我没事……我没事！"他笑出来，"不过……看看你！"恐龙的鳞片上闪耀的光芒已经消退成了黯淡的微光。

"你的大脑冷冻正在失效。"威廉意识到，"而我们还有一个镇子的礼物要去派送。然后还要找到布伦达，把她从这上面的时间旋涡里弄出去！"他指着不远处涌动的风暴云，"我们得赶紧离开这儿！"

一等威廉在圣诞老人的雪橇上坐稳，圣诞龙就将自己套进挽具里，蹄爪在地面上刨了两下。

"准备好了吗？"威廉大声说。

圣诞龙音量十足地叫了一声。

"我相信你！"随着威廉的大喊，圣诞龙深吸一口冰凉的空气，用尽全力在白雪覆盖的公园里

拉起车来。当它大脑冷冻的能量重新被唤起，鳞片上的光也变得强烈起来。它的脚步咚咚地踏在冰冻的土地上，从走一小步变成跨一小步，从跨一小步变成腾一大步，然后越跨越远，越腾越高，直到重新来到空中。

"啊哈！"威廉欢呼道，"现在让我们去改变未来！"

他们飞驰在平安夜清透的夜空，很快到达了风暴的边缘，云层张了个口子，等着他们进入。当他们飞进风暴，威廉发现圣诞龙的鳞片更加闪亮了，它可以在迷雾中引领雪橇的方向。那蓝色的光芒就像冬季女巫的眼睛一样，仿若一盏指路明灯！随着云层的移动，他看到了一个瞬间。那是那天晚上早些时候，他正把礼物送到人家家门口。

"去那里！"威廉大叫，圣诞龙便像火箭一样冲进了那一刻。

他们回到了平安夜。时间开始缓慢地流动了，过不了多久这世上的孩子们就要醒来了，等到那

时就太晚了！风暴云不断酝酿着，冬雪惊雷响彻头顶，闪电球颇具威胁地照亮天空，这场风暴仿佛已经准备好要把威廉和圣诞龙扼杀在这里，把他们拖回他们自己的时间去。

"快点，圣诞龙！"威廉尖叫道。在雪橇疾冲向前时，他把礼物都抱在怀抱里，随时准备着把它们投递出去。

雪橇突然爆发出醒目的红色光芒，威廉怀抱里的礼物也一样，还有包围着他们的云朵，同样闪耀着魔法般的红色。

"快，下降！就现在！"他对发着光的圣诞龙大喊。他们飞速降到街道的高度，威廉将一个个礼物扔到花园、门口、门廊和阳台上，各种形状、各种大小的发光礼盒撒向家家户户。

"最后一个！"威廉大喊道。然而环绕着他们的风暴在收拢。一阵浓雾在最后这条街上蔓延开来，伸出无数条灰色的手臂，张着纤细的手指，等着抓住他。威廉探出雪橇，最后那份礼物就在他手里。离门口的台阶近了……

381

"差……不多了……" 啪！

礼物从他手里飞出去……利索地落在台阶上。

就在那一瞬间，他们被暴风雪吞噬了。风与雪，惊雷与闪电，过去与未来，全都交缠在一起，围绕着他们。但他们现在已经不在意过去或是未来了，也不再担心派送礼物的事。

唯一让威廉记挂的礼物，是他们留下的礼物。

他尽力把眼睛睁开，希望能看到回去的路，但圣诞龙的光芒已经黯淡下来了。它消耗了太多它的新能量，如果他们不能赶快回去，可能就会陷在这场风暴中，永远地迷失在时间里！

雪橇没有任何预警地颠簸了一下，但不是被风吹的，而是因为有人落在了上面。

"布伦达？"威廉屏住呼吸。

她回来了，但不像他认识的那个布伦达。时间改变了她。她全身笼罩着冰蓝色的薄雾，每一寸肌肤都如冰一般晶莹剔透。

她居高临下地站在威廉旁边的座位上，一只脚搭在雪橇前端。她没有看他，眼睛依然直视着前

方，然后突然间，它们射出一道清晰的蓝色光芒。

"跟着那束光！"威廉大喊。圣诞龙用上全力，它感觉有一股力量让它飞得比之前任何时候都快。他们冲向圣诞节的天空，如同扎入一个冰冻的水池。

"我们太快了！"威廉大声说，但他们这时已经慢不下来了。他们像一道蓝色的流星一样撞向北极，落地时溅起无数冰雪。

一切都是白的。

"圣诞龙？"威廉咳着嗽说，"你还好吗？"

扬到半空中的雪雾开始散开，威廉被卡在坠落的雪橇里，看见四周出现了隐约的身影。

"威廉·特兰德尔，是你吗？

是你驾驶了圣诞老人的

雪橇吗？"

一群悦耳的声音问道。

"精灵！"威廉高兴得叫起来，"你们又在了！"

圣诞龙猛地从一堆雪橇的碎木头残骸下冒出

头来。

"圣诞龙！快看哪！我们做到了！"威廉喊道。圣诞龙发出了一声庆祝的吼叫，而所有的精灵们将威廉从坠毁的雪橇里解救出来，举着他送回他的轮椅里。

"哇哦，哇哦，哇哦，这就是那个赶在我之前拯救了我所看到的未来的男孩吗？"一个低沉洪亮的声音传来。接着一个巨大的身影穿过雪雾，给了他们所有人一个大大的、温暖的拥抱。

"圣诞老人！"威廉开心极了，"你回来了！"

"谢谢你，威廉！"

圣诞龙咕噜了一声。

"没错，还有你！"圣诞老人笑起来，拍了拍它的头。

威廉的笑容突然掉了下来，他想起来是谁救了他们。"布伦达！她在哪儿？"他回头看着那些原本属于雪橇的弯曲的金色金属条和破裂的木块，问道。

精灵们困惑得面面相觑。

"没有布伦达·佩恩，这里没有别人，

跟着雪橇掉下来的，只有你们两人。"

雪挖挖和雪探探用担忧的曲调小声唱道。

圣诞龙叫了一声，它在雪地里嗅到了什么。

"看，脚印！"威廉说。圣诞龙发现了一行印迹，从他们坠毁的地点通向雪地庄园。"一定是布伦达！我们得帮帮她！"

圣诞龙用它的头推着威廉的轮椅，这样比他自己转动轮子要快多了。他们跟随着雪地上的脚印，而圣诞老人和精灵们在后面不远处跟随着他们。他们绕过精灵村，穿过雪地庄园，经过雾气弥漫的走廊和玻璃房温室，很快来到了女巫迷宫的入口。

"别停！"威廉喊道，然后赶紧低下头，他们横着撞过第一条通道，直接闯进了冬青树篱迷宫。

哗！

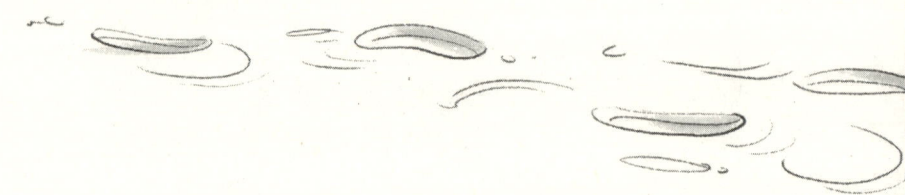

哗！

哗！

他们在迷宫里开辟了一条新的道路，径直通向中央，来到那个冰冻的庭院里。

威廉抬头凝视着那个伫立在庭院中心的喷泉池上的神秘又美丽的冰雕像。她全身笼罩着冰蓝色的薄雾，每一寸肌肤都如冰一般晶莹剔透。就像第一次见到她的时候，威廉感到一种莫名的熟悉——也许他们见过面，在很久以前……

等 等！

威廉的心脏在胸腔里剧烈地跳动起来。

那些他甚至都没有意识到自己受困其中的谜题碎片完整地拼在了一起。

"威廉，怎么了？"圣诞老人问。

"冬季女巫。你说过你也不知道她是谁，或者她是怎么来到这里的。"他说。

"是啊。"圣诞老人回答道。

"我想我知道答案了。"威廉说。他仰着头，凝视着他继姐那双冰冷的眼睛。

"布伦达就是冬季女巫！"

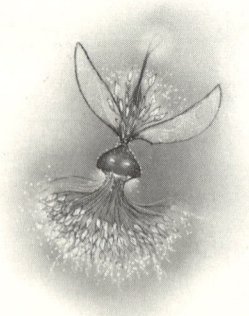

第三十章

一个被遗忘的愿望

一个剧烈的呼吸声传来，周围所有的人一同倒抽了一口气，看着圣诞老人，等待一个确认。

他郑重地点了点头。

这是真的！

"我们必须救她！"威廉说。

"赶紧救她，现在就救她！

拯救冬季女巫，不管用什么方法！"

所有的精灵一齐唱道。

"一定有什么办法可以让她回来！"威廉说，"回来？回去！我可以回到过去阻止她喝下那瓶药剂！那对她来说效力太强了——看看变成什么样了！"

"不行！" 圣诞老人声如洪钟，"威廉，你还不明白吗？布伦达只能成为冬季女巫。如果她没有，你就不会跟着她回到过去，也不会按你的方法拯救圣诞。这都是注定好的！"他安抚地将手放在威廉的肩膀上。

不知道是因为肩膀上那只手的重量，还是因为这个时刻带来的重量，威廉突然觉得再也承受不住了，于是他做了所有人在觉得无能为力时会做的事。

他哭了。

在他哭的时候，那座喷水池中心的冰雕也哭了，只不过布伦达的眼泪凝结成了冰棱，没能滚落她冰冻的面颊。

"可她是我姐姐！我不能失去她！"威廉抽泣道。他深吸一口气，试图让自己冷静下来，"我只

希望这些冰都融化掉，让她回来。"

就在这些话说出口后，有什么东西在威廉的睡袍口袋里振动了一下。随后里面映出一团温暖的白光。精灵们惊诧地后退了一步，看着一个小小的白色绒毛球从口袋里升起来，浮到半空中。

"我的愿望！"威廉喃喃地说。

在这一阵骚乱中，他已经完全忘了自己的口袋里还藏着一个神奇的小生物。"噢，不——我保证过不向你许愿的……"

可是这个喜庆的小绒毛团头上那根可爱的愿望受体已经在变得越来越明亮，比威廉之前任何时候见过的都要神奇而耀眼。

"威廉，你刚刚给了这个小愿望一份最棒的礼物。这个帮你实现愿望的机会是它一直梦想的。"圣诞老人轻声安慰道。他们一起看着那团亮光变成了一片美丽的、充满节日氛围的松绿色。为他人许下的愿望，威廉还记得。他的愿望终于也和其他愿望同伴们一样，完成了它圣诞节的使命。

　　所有人惊奇地看着小愿望的光突然化成一股暖流倾倒在布伦达冰冻的雕像上，将她身上的冰从头到脚融下去。光线越来越强，直到天空都变得像雪一样白。

　　冬季女巫融化了……

……她恢复了原来的样子。

"布伦达？"等到强光散去，威廉轻轻地唤道。她站在人群之前，那个雪花形的喷水池中央。

"早该这样了！"她不耐烦地说。然而在她爬下喷水池时，一道大大的笑容却在她脸上绽开，她冲过去给了威廉一个最大的拥抱。

"我从没想过我会这么说，但我真的很高兴你能回来！"他说。

"一切发生得太快了，我根本停不下来！"布伦达说。她皱着脸回忆道，"我只记得我对我爸爸很失望，也对自己很生气。接下来我就跳进了冻结的时间里，想要解开我造成的那些混乱。可是……我的脑子冻得太厉害了，使得我好像都不是我自己了。在我知道以前，我已经迷失在时间里，而且像是会永远迷失在那里。唯一留在我脑海里的念头是，无论用什么方法我得让圣诞节活下来，以弥补我用那颗愚蠢的豆子所做的事。

"我回到了最初，每一个平安夜我都确保将时间冻结，好让圣诞老人去往世界各地派送礼物。冬

季女巫就这样诞生了，并且成为圣诞节的传说。

"这些年来，我迫切地想要纠正我还是一个自私愚蠢的女孩时犯下的错误，所以我变得越来越像冬季女巫。我忘了自己是谁！"

"所以，那趟北极之旅——那全是你的主意？"威廉问。他慢慢把拼图拼到了一起，"不是布伦达的，我的意思是……是冬季女巫的主意？"

"是的！我知道一切混乱就是从那个时候开始的，而它也应该在那个时候终止。我把我们俩都带到了这里，这样我就可以以冬季女巫的身份带你去看我可能导致的可怕未来，以及圣诞节的下场。即使我的思绪是冻僵的、是混乱的，我也知道你是能帮忙拯救它的人。你和圣诞龙，你们是最合适的人选！"她看着恐龙，微笑地补充道。

"客观地说，你真是太棒了。"威廉说着，轻轻地推了她一下。

"嗯，或许下次你可以试试被冻在时间里，看看你喜不喜欢！"布伦达揶揄道。

"我不需要，我有圣诞龙帮我冻结时间！"威

廉笑着说。

圣诞龙自豪地挺直它冰蓝色的脊背，抖了抖身子，让身上的鳞片发出风铃般的叮当声。

"圣诞老人，我还有一个问题。"威廉说。圣诞老人红润的面庞上露出一丝紧张的神色。"我们无意中在禁地听到你对冬季女巫说话。你一直知道这一切会发生吗？"

圣诞老人深吸了一口气，所有人都安静下来。

"嗯，威廉，当布伦达成为冬季女巫，她就能一直存在，随意地在时间里穿梭。这也是为什么她能成为圣诞节的一部分，和我一起在北极存在这么多年，而我很多很多年来都依赖于她时间冻结的力量。"他解释道，"但我也一直怀疑她有更大的目的，她存在的原因并不仅仅是为了让我在平安夜轻松一点——而我是对的。她是来拯救圣诞节的未来的。当我知道了这一点，我就必须帮她，不惜任何代价。"

"即使是撒谎吗？"威廉问。

"事实上我并没有撒谎。我只是没有告诉你事

实。"圣诞老人坦白说。

"听起来像是钻了个空子。"布伦达双手叉腰，严肃地看着他说。

"呃……我想就算是圣诞老人，有时也可以稍微淘气一下。"圣诞老人承认说。他的脸变得比他的外套还要红，"但你们并没有真正处于危险之中，我会确保这一点。冬季女巫掌控着所有的时间，她可以尝试所有可能的路径，让圣诞节重复一次又一次，直到她找到一个方法——一个唯一的方法——来拯救未来。她发现只有这个由一系列事情组成的特定的组合可以实现。而你，威廉，你是唯一能做到的人。"

圣诞龙叫了一声。

"好吧，还有你，龙龙。"圣诞老人拍了拍它的头，补充道。

"啊哼！"

布伦达故意咳了一声。

"当然，还有你，布伦达！我们每个人都必须恰如其分地做到我们做到了的那些事情，否则圣诞节就会从这个世界消失！"

"所以……你是说你知道这一切都会发生？"威廉问。

"我知道我所需要知道的，威廉。不会更多，也不会更少。"圣诞老人说。

"可是，这些起作用了吗？圣诞节现在安全了吗？"威廉说。

他们面面相觑。

"别问我！"圣诞老人耸耸肩，"我才刚刚重新存在！"

圣诞龙突然激动地嚎了一声，从树篱迷宫的那个洞里跑了出去。

"我觉得它有主意了！"威廉说。他们都跟上兴奋不已的恐龙。一会儿后，他们在精灵村的中央追上了它，一起挤在了电视机前。圣诞龙用牙齿调整了一下尖尖的天线，嘶嘶的声音变成了语音。

"有了！"布伦达大叫。

"看哪！"

　　她指着电视，透过等候在玩具店外的人群，可以看到她爸爸那张熟悉的、充满虚情假意的、黝黑的脸。人们让开一条道，威廉看见他并不是孤身一

人。佩恩先生正被两名警察押送着，他们拽着他那剪裁精致的条纹外套的领子，把他拖向一辆警车。他们把他扔进后座，砰的一声关上门，随后皮尔斯·斯诺里根的脸出现在镜头里。

"巴瑞·佩恩先生因为在这个 12 月卖给全世界的孩子数百万件残次的圣诞礼物而被捕。一位家长评论道：'如果不是我的小莉莉睡醒后在家门口的台阶上发现了圣诞老人送给她的真正的礼物，这个圣诞节就彻底被毁了。'有一件事可以确定：巴瑞·佩恩先生在可预见的未来都不会从'淘气名单'上离开了。他过来了！佩恩先生，你有什么想说的吗？"在警车开过来时，皮尔斯将他的话筒伸向敞开的后座窗户，问道。

巴瑞把头转过来，直视着摄像机。

"我**讨厌**圣诞节。"在被警车带走时，他从他那完美的牙齿缝里挤出这句话。

"更具爆炸性的消息是，"皮尔斯宣称，"圣诞老人似乎在今年打破了他的传统！他没有把礼物放在圣诞树下或者放在袜子里，孩子们今年都是在门

400

口、花园里或者门廊上找到的它们。惯常人们都被困在起居室或厨房里，而这些新的礼物投放点鼓励他们在圣诞节早晨走出家门，和邻居们一起分享现在被称为有史以来最好的圣诞礼物。"

北极爆发出一阵欢呼声，威廉查看了信仰仪，它显示出了满格的叮当瓦特值。

"这确实是有史以来最好的圣诞节。"他笑容满面地说。

"事实上，我在大约二十年后也见到了一个非常不错的。"布伦达也笑了。

"禁止剧透！"威廉大笑起来。

雪挖挖、雪亮亮、雪闪闪、雪嘟嘟、雪泡泡、雪饼饼、雪包包和雪探探修好了雪橇，斜坡板放了下来，圣诞老人、威廉和布伦达登上雪橇。驯鹿和圣诞龙套好了挽具，准备起飞，就等着再来点魔法……音乐的魔法。

圣诞老人将一张唱片放进他金色的留声机里，随着音乐声从大喇叭里飘出来，雪橇从雪地里飘浮

起来，仿佛是它自己在随着音符飘动。

"我们出发

哨，哨！"圣诞老人

用他那低沉的声音说道。他们一起向围聚在下面的
几百个精灵挥手道别。

没过多久，圣诞老人就小心地驾驶着雪橇来到
了威廉和布伦达家那幢摇摇晃晃的小房子上空。整
条街上正载歌载舞——新的礼物投放点促成了一场
自发的街道圣诞派对——幸运的是邻居们都陷在欢
乐中，没注意到有一辆巨大的雪橇、八只驯鹿和一
只蓝色的恐龙落在了特兰德尔家的后花园里。

鲍勃和帕梅拉立刻跑了出来。

"圣诞老人！"鲍勃尖叫道。

"鲍勃！"圣诞老人开心地冲他点头，"圣诞快
乐，帕梅拉！"

"你去哪里了？"鲍勃问威廉。

"不是哪里，爸爸——是什么时候！"威廉回

答说。

"你又是怎么回事？我以为你跟你爸爸在一起！"帕梅拉对布伦达说。

"没事的。等进去了我们会把每件事都解释清楚。但是现在我们可以先一起过圣诞节……一家人一起。"威廉说。他看见鲍勃和帕梅拉笑着对视了一眼，然后一起给了他一个紧得让他差点不能呼吸的拥抱。

一会儿后，鲍勃和帕梅拉松开了手，却发现威廉仍然紧紧地抱着——不是抱着鲍勃，而是抱着帕梅拉。

"噢！"她惊讶地笑着说，"这是怎么了？"

"没什么——我就是很高兴你能在这儿。"威廉说。他捕捉到帕梅拉带着疑惑但又开心的笑容瞥向鲍勃。

"好了，现在我把这两个派送到了，我得回去了。"圣诞老人声音洪亮地说。他用力地拍了拍鲍勃的后背，差点让他摔一跤。

圣诞老人跳上雪橇，威廉和布伦达在跟圣诞龙说再见。

"再次谢谢你，龙龙。我欠你一个人情！"布伦达说。而圣诞龙用湿漉漉的舌头用力舔了一下她的脸。她先走开了，留下威廉和圣诞龙单独相处。

"又是一年，又是一场冒险。"威廉笑着说，"明年也是这个时候？"

圣诞龙昂起头，回了他一声兴奋的嗥叫。

圣诞老人抓住缰绳，雪橇飘离了地面，慢慢向特兰德尔家的花园外面驶去。

"圣诞老人！" 威廉大喊道，"没了冬季女巫，你明年要怎样冻结时间，在一晚上送完所有的礼物呢？"

圣诞老人露出微笑。

"尽管冻结时间的副作用对人类来说是毁灭性，但似乎有其他生物可以更好地抵御大脑冷冻的威力。威廉，因为你，我觉得我们为某只十分特别的恐龙找到了一份新工作。"

圣诞龙在它位于雪橇前的位置上自豪地叫了一声，它身上冰冷的鳞片还在由于冰魔法残余的效用微微发着光。

威廉咧开嘴笑起来，"当拥有一只圣诞龙，谁还需要冬季女巫呢！"

"布伦达，"圣诞老人朝下方喊道，"我必须说——"

"——谢谢你这么多年来作为冬季女巫帮我冻结时间？不用谢！"布伦达打断他。

"你怎么知道我要说什么？"

"我可是去过未来的，记住了！"

圣诞老人笑起来："好吧，你得到的远比你重回'美好名单'要多。如果你想要什么圣诞礼物……"

"不用了，圣诞老人。我现在已经知道了，我不再需要什么愿望或是礼物。我在这儿已经得到了我想拥有的一切。"布伦达说着，从她的口袋里拿出一个漂亮的雪花水晶球，那是鲍勃送给她的，为了提醒她家的存在。

"家。"随着雪落在里面那座小小的木屋上，她笑着说。

威廉看着那个美丽的工艺品，心里暖暖的。他

想到，在另一个时空里，他妈妈正陪着他，并且会永远陪着他。

当他坐在他满面笑容的爸爸和被他圈在怀里的帕梅拉中间，和他正愉快地望着他们摇摇晃晃的小房子的新姐姐在一起，他觉得这一天可能会击败去年，成为最棒的圣诞节。

伴随着这一切，圣诞老人、雪橇、驯鹿和一只十分特别的恐龙消失在了12月的天空里。

完

致谢

又到了一年一度的时候了——不，不是圣诞节！是到了写下我的致谢的时候！你可能注意到了这本书的封面上和书脊上都大大地印着我的名字，这让我的自尊心得到了极大的满足，但却不足以代表许多人所做的辛勤工作，他们都为将这些书页（或者电子书文档）送到你们手中贡献了他们的才能。

所以，我会尽量记起足够多的人，希望让他们的名字以这些小铅字（或者电子屏幕上的字符）呈现出来会让他们都感到开心。

首先是负责了这些神奇的插画、以我从未想象过的方式赋予了我的文字生命的人：谢恩·德弗里斯。没有你就不会有圣诞（龙）。

接下来就不得不提到将我介绍给谢恩的人：迈克尔·格雷西。我得再说一次，你的想象力和点子实在太伟大太具启迪性了。谢谢你一直推动着我做得更好。

当然，如果没有弗莱奇，我也不会认识上面这两个人，他已经管了我十八年了！如果没有你，我什么事也做不成。谢谢你，弗莱奇。

汤姆·威尔登和弗朗西丝卡·道，是你们允许我一直创作这些书，并且构思复杂的公告视频，容忍我当一个在我看来十分难搞的作者，谢谢你们一直以来的信任和耐心。

然后是企鹅兰登公司那些了不起的冬季女巫们（这里的女巫是指那种美丽的、冰雕一般的，不是指那些绿色的、满脸斑、带着猫的……尽管她们有一些可能也养猫）阿曼达·庞特、劳伦·海伊特、索尼娅·拉兹维、汉娜·斯朵捷克、索菲亚·史密

斯、艾米丽·斯迈斯、曼迪·诺曼、温蒂·莎士比亚（以及她的编辑精灵珍·泰特、索菲·尼尔森和马库斯·弗莱彻）、伊莱莎·沃尔什、莎拉·罗斯科、贝基·威尔斯、佐西娅·诺普、梅夫·班汉姆、苏珊娜·埃文斯、奥瑞丽·冈卡维斯和托妮·巴登。你们都太优秀了，我怎么感谢你们都不够。

娜塔莉·多尔蒂，我觉得当大企鹅在决定由谁来当我的编辑时，你是抓住了一根短稻草，而相反，我中了"六合彩"得到了你！你绝对是最好的，没有你我不可能写出这些书……一点也不夸张。谢谢你！

斯蒂芬妮·斯威茨，你除了是出版界最好的经纪人之外，还总能在恰当的时候准确地说出我需要听到的话。谢谢你容忍我以及我所带来的一切戏剧性事件！

大卫·斯皮林，谢谢你在这本书所有的公告视频及其内容中展现出的非凡的导演才能，以及仅仅

是作为一位伟大的、鼓舞人心的朋友。同时，我也要向拉夫及其所有总将他们的 A 游戏带到那些视频中的团队表达公开的谢意。

尼琪·加纳和汤米·J.史密斯，你们总是陪着我，在最紧迫的时限内完成不可能的任务。我的生命里有你们俩真是太幸运了！

再次感谢杰出的 WhizzKidz① 帮助威廉·特兰德尔这个角色鼓舞了世界各地使用轮椅的人以及那些残疾儿童，也谢谢 Inclusive Minds② 提供的杰出的想法和观点。

感谢我的爸爸妈妈，在童年度过的圣诞节最终促使我写了这些书，也谢谢你们在我写这些书时帮我照看我的孩子们。

谢谢凯莉（在我写下这些文字时她正在楼上放

---

① 英国一家专门帮助残疾儿童的机构。
② 一个鼓励包容性、多元性、平等性和无障碍阅读的儿童文学项目。

声歌唱）那让人恼恨的天赋和鼓舞人心的力量。

乔瓦娜，谢谢你接受我和我对圣诞节的痴迷，谢谢你允许我不在 12 月也播放圣诞歌……有时甚至是在 7 月。

谢谢巴兹、巴蒂和迈克斯，我的三个小精灵赋予了圣诞节以及整个生命全新的意义。

最后，感谢每一位阅读了这本书的人，我只是写下了这些文字，是你的思维让它们活了起来。谢谢你。

亲爱的圣诞老人，

是我，汤姆，你在"美好名单"上最喜欢的那个！又到了一年一度写下我的圣诞列表的时候了。有些人觉得我年龄太大了，不适合再写信给你，当然，我有时候确实表现得像一个脾气暴躁的34岁的男人，但我俩都知道，那不是真的我，在我内心深处我其实只想整天打游戏、吃糖果、睡到上午11点，只不过时不时地我至少得假装自己是一个成年人。

无论如何，我按倒数的顺序列出了我今年想要的十样圣诞礼物。它们可能不是那种可以包装起来放在圣诞树下或者塞在袜子里的东西，但是没有它们，圣诞节就不能称之为圣诞节了……

10　　　**烤土豆！**又酥、又脆，黄澄澄、嘎吱吱。它们是圣诞大餐的亮点，是节目里的明星，是头条新闻！事实上，我甚至会说，忘掉火鸡，扔掉豆芽，倒掉猪肉卷，给我一大碗烤土豆，我就会成为一位快乐的顾客。

9　　　**圣诞电影。**我甚至无法说出我最喜欢的一部，但我们都知道，如果在家人相聚时没有一部节日电影当背景，就不算是圣诞节……

8　　　**圣诞游戏。**在圣诞节一定要有一张写着著名的人名的纸条贴在额头上，你绞尽脑汁猜你自己是谁，而你的家人们一边笑着一边找时机吃点东西……

7 **小零嘴！** 坚果、枣、巧克力、奶酪、肉馅派……还有那个、那个、那个！（如果能有一件棉花糖填充的冬季外套就更好……我可以在外出时吃一小口！）

6 **歌曲！** 这应该是圣诞节最棒的东西了（除烤土豆外）。《最后的圣诞节》《美妙的圣诞节》和《圣诞节我想要的只有你》如果你只能带给我一样我清单上的东西，这个就可以。不过，或许可以在旁边扔一个烤土豆。

5 **圣诞布丁！** 好吧，我知道我前面一直在说土豆，但你每周都可以吃到烤土豆。圣诞布丁一年只能吃一次（除非你是我的奶奶，她的橱柜里永远有圣诞布丁供应……为了以防万一）。我不是一个要求很高的人——把它放在微波炉里转几分钟，然后在上面打一桶奶油，等《神秘博士》特别节目开始时叫醒我就行。

4　　　**清晨。** 忘掉闹钟……我家有三个孩子。他们全年都会在早上 6 点以前叫醒我（谢谢你们），可圣诞节是一年中唯一一天我乐意起得比他们早的。没有什么比当你醒来意识到这是圣诞节时更棒的了！

3　　　**圣诞装饰。** 好的，如果你真的打算带点圣诞装饰给我的话，你可能得早点跳下我家的烟囱，因为我喜欢在 11 月中旬就把它们用上。对有些人来说这太早了，但我就是等不到 12 月初。此  外，我那古灵精怪的妻子喜欢在新年前就把它们取下来（我知道！），所以如果我想让装饰时间最长化的话，就得早点把它们都用起来。

2　　　**降临历。** 还有什么比打开一扇隐藏的门，然后嚼些巧克力来开始你的一天更棒的事吗？你也许该和我妈妈通个气，因为她到现在仍然会每年送我一个，我不想最后得到两个，那显得太贪心了！

幸福。 好吧，这样东西你没法包装起来或者留在我的长筒袜里，但事实是，我并不真的想要什么玩具或者其他小玩意儿——我不需要具体的东西。我想要的就只是让我的家人和朋友在圣诞节感到幸福。只要他们幸福，我就会幸福。你在圣诞节还想要其他什么吗……

等等，一只恐龙！ 我应该要一只恐龙！哦，好吧，总还是有明年的……

圣诞快乐，圣诞老人！

汤姆

威廉的冒险从
一次意外开始……

你有读过
威廉的第一场冒险吗？

圣诞龙
圣诞龙 THE CHRISTMASAURUS
TOM FLETCHER
THE CHRISTMAS
嘎吱嘎吱的怪物
TOM FLETCHER
Illustrations by Shane Devries
嘎吱嘎吱的怪物 THE CREAKERS
TOM FLETCHER
THE CREAKERS

你有想过你的床底下
到底有什么吗……?

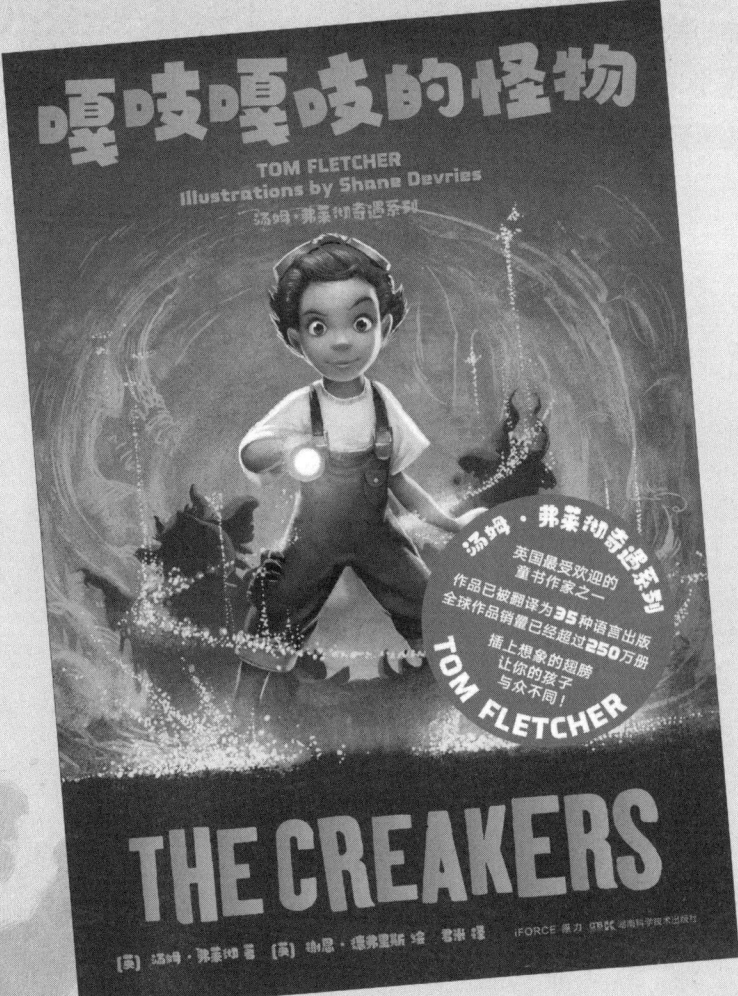

图书在版编目（CIP）数据

龙与冬季女巫 / （英）汤姆·弗莱彻著；君米译；（英）谢恩·德弗里斯绘 . —长沙：湖南科学技术出版社，2024.4（汤姆·弗莱彻奇遇系列）
ISBN 978-7-5710-2462-8

Ⅰ . ①龙… Ⅱ . ①汤… ②君… ③谢… Ⅲ . ①儿童故事 - 图画故事 - 英国 - 现代
Ⅳ . ① I561.85
中国国家版本馆 CIP 数据核字 (2023) 第 180184 号

Original English language edition first published by Penguin Books Ltd, London
Cover, illustrations and text copyright©Tom Fletcher, 2019
Illustrations by Shane Devries
All rights reserved.
封底凡无企鹅防伪标识者均属未经授权之非法版本。
湖南科学技术出版社获得本书中文简体版出版发行权。
著作权合同登记号 18-2023-290

LONG YU DONGJI NÜWU
龙与冬季女巫

著者	**邮购联系**
[英] 汤姆 · 弗莱彻	本社直销科 0731-84375808
绘者	**印刷**
[英] 谢恩 · 德弗里斯	长沙超峰印刷有限公司
译者	（印装质量问题请直接与本厂联系）
君米	**厂址**
出版人	湖南省宁乡市金州新区泉洲北路 100 号
潘晓山	**邮编**
责任编辑	410600
王梦娜　李蓓	**版次**
营销编辑	2024 年 4 月第 1 版
周洋	**印次**
出版发行	2024 年 4 月第 1 次印刷
湖南科学技术出版社	**开本**
社址	880mm × 1230mm 1/32
长沙市芙蓉中路一段 416 号	**印张**
泊富国际金融中心	13.75
网址	**字数**
http://www.hnstp.com	190 千字
湖南科学技术出版社	**书号**
天猫旗舰店网址：	ISBN 978-7-5710-2462-8
http://hnkjcbs.tmall.com	**定价**
	68.00 元